紅塵如歌

楊塵詩集
（1984~2013）

圖文／楊塵

楊塵詩集 01

緣起

　　個人生活中累積了三十幾年來斷續創作的詩稿及攝影作品，因為工作因素，大部分的作品都於途中或餘暇倉促完成。一九八〇年代那些年輕時寫的詩，雖真意而衷情但大部分略顯生澀或強愁，除了少數幾篇後來改寫並加以註記外，其餘全部保留原稿，算是留給年少輕狂歲月的一個印記。一九九〇年代是台灣經濟快速成長的高峰，期間從事科技產業便格外忙碌，同時卻也是本人作品的枯水期，曾經一度覺得連以前的那些茶餘飯後都已被棄之荒野，世事真是難以兩全。二〇〇〇年代因工作需要到深圳建廠，開始接觸大陸之人文並有機會于工作閒暇遊歷歷史古蹟名勝。那些以前沉澱在心底深處的文化酒母仿佛又開始發酵，原來科技產業只是把它重重地壓在心靈底層，然後疲憊地昏睡過去，沉睡多年之後並沒有離我遠去，於是這期間又陸續有了一些殘篇斷稿。另外個人荒廢多年的傳統相機，漸被自己所從事的數位科技淘汰，當時已是英雄末路而美人遲暮，心中雖有些不捨也只能無奈之下重買數位相機，有了新武器，未死的壯心就又重新開闢戰場，這樣一路跌跌撞撞，竟也累積一些詩稿及為數可觀的相片。不幸的是這些產出雜亂無章，而且我從事的科技產業當時如日中天，方興未艾，詩稿和照片根本無暇整頓和照料，因此也就如野草般丟在一旁任其自生自滅。直到工作退休後，進入二〇一〇年代，才有機會重新用電腦歸檔並且有了出版的想法，但從想法到計劃、執行和最後付之出版，這一晃又過了十年。滾滾紅塵，春去秋來，時光催人老去，詩集見證了歲月的腳步，而每個人吟唱著屬於自己人生的一首歌。

詩就是心中言語

你如果問詩人　為何要寫詩
就好像問別人　為何要吃飯喝茶
因為　他是
不寫詩便會飢渴的那種人

楊塵

自序 歸零轉身

　　我不知道我為何要寫詩，也不知道拍了許多照片有什麼用，反正能寫的時候就寫，有機會拍照就拍，這兩者跟我一直以來的職業與工作毫不相干，而且它們二者之間也沒有任何關聯，就這樣斷斷續續累積了一些文稿和攝影檔案。多年過後，文稿遺失的遺失，照片發霉的發霉，留下來的也只能雜亂無章地被丟置在我現實生活的角落，從來沒有想過哪一天會集結出版。這一些像是記錄生活情感與工作旅程的心中言語與照片，竟在沉睡多年之後，突然在我人生的轉折點上把我年輕的初心重新喚醒。從事科技產業多年，一直在市場、行銷、產品、技術、效率、品質、成本、利潤等產業指標中打滾，並且和同業處於非常緊張的競爭狀態。在 2008 年世界金融海嘯發生之前，是我個人工作生涯的最高峰，生意興隆並且常常杯觥交錯，之後世界經濟被金融海嘯嚴重創傷，同時我的工作也跟著跌落人生的谷底，在科技產業的道路上，當時我已傷痕累累和疲憊不堪並且走到了瓶頸。2009 年夏日的某一天，我離開了奮戰多年並且一度熟悉的職場時，仿佛外面刮起漫天風雪，舉步艱難之中，心頭蒼茫低泣竟不知何去何從。當我讀到城邦出版集團執行長何飛鵬在他的《自慢》一書提到，他創業過程所遭遇的困境，有時就像唐朝大文豪韓愈詩中的「雲橫秦嶺家何處」時，我的心頭也是感慨萬千，這不就是我當時處境的真實寫照嗎？在悲涼的低潮期，本已覺得一無所有，沒想到從頭歸零，狠狠轉身之際，在整理遺留下來的私人文檔時，竟發現塵封的詩稿與攝影檔案中，存在著相當多關聯的線索，而我之前卻一直毫無察覺。於是有了以詩稿為本配上照片的想法，問題是橫跨三十幾年的照片大約有十萬張，如何在這麼眾

多雜亂的檔案中，找到符合每首詩稿原創意境的照片，又是一次橫阻面前的「雪擁藍關馬不前」的困境。

在寫詩與攝影之間原是兩條獨立的路線，除了小部分遊歷剛好寫了詩又同時拍了照之外，本詩集之中的照片往往與詩本身時空交錯，但卻又元素一致或者意境重疊。經過近四年的陸續整理，我才恍然明瞭，原來一個人的心中言語，即使在不同的時空，也可以用不同的形式來表達，它可以是文字、繪畫、攝影或者其他的藝術形式，而這許多形式的內涵，又都一致表達了同一個主體或者同一個意境。這本詩集暨攝影集，乃是我一個隔行的初生之犢的一次嘗試，希望能分享讀者與同好，尚望業界先進前輩不吝給予指教，是祈甚幸！感謝在我人生旅程中，一直對我包容與扶持的家人與好友，以及過去和我一起磨難成長的同事與客戶。

楊塵　2021 年 7 月 於新竹

紅塵如歌詩集目錄

卷一
山水之戀

山水之戀

遠處流雲 聚了又散
曾經我們面迎款款山風
聆賞野鳥對歌
那一季紅柿早熟
不待告別 便已離蒂
而滿樹油桐花開
好似六月新娘按捺不住的佳期
我們臥石濯足
讓陽光細撫全身
不知不覺
整個橫山在沐浴清泉過後
悄然睡去

額頭汗珠 乾了又濕
曾經我們攀爬五指連峰
證明彼此都還年輕
穿過濃霧眷戀的竹林
我感覺像稚情少年
身赴一個夢幻的約會
至於湖邊山蛙的快板鳴唱
其實是我們沿途細語的過度反應
當笑聲在林中迴盪
我們只顧往前掬取山色
不料卻雙雙迷失
五峰歸路

野店寒簫 遠了又近
曾經我們佇立巍峨山壁
尋找詩人遠古的留言
路過佛門
只見新舊寺庵毗鄰而建
如同老少尼僧並列修行
當時 翠谷寒煙
我們和著天籟 拾級而下
把青石上的身影一一踏過
而緣起獅山
萬丈紅塵可有了悟
恐怕還是無解公案

林梢月色 隱了又現
曾經我們夜訪水梨的故鄉
讓遍野果香
繚繞多年的夢想
那知盡情採擷的都是大地的芬芳
記得午后
七家灣溪冰冷的水流 滾滾如潮
如同我們在靜謐的武陵
整夜不停翻攪的內心

冬天微晴 暖了又冷
曾經我們遊走櫻都山城
霧在碧湖赤裸斑駁的胸懷輕踩
如同我們之間擁有的
朦朧距離
怎奈霧散之後目觸所及的心跳
竟是我們激盪皺褶的青春

潮 來了又走
曾經我們流連青空碧濤的礁岸
伏聽大海急促激動的喘息
在每個忍痛吐納之後
我們悸動不已的心跳
依隨層層風浪漂流遠去
當時水邊有漁郎 危崖獨坐
我們無法了解為何無餌垂釣
就像我們無法了解
龍峒遠方的歸帆
是否都有港灣
可以安然靠岸

秋意如菊 黃了又白
曾經我們駐足蕭瑟如詩的楓林
任思緒飄渺無垠
並在滿天紅葉飛舞之中
留下一個亙古執著的宿願
每年奧萬大獨擁這種情懷
宛若妳二十八歲的纖纖脈脈

緩行的腳步 起了又落
曾經我們穿梭蔥鬱神秘的古道
共飲翻山越嶺的流泉
目睹殘雪瑟縮路旁低泣
而我們踏過的足跡 冰冷模糊
如同遠處飄雪的山谷
一度
我們仿佛置身塞北高原綿密的裙裾
與星星在寒風中顫抖招手
那晚 臉頰在冰魔與筋血拉扯之間
忍痛睡去
不知八通關如何悄然度過華年
從青草到荒原
沒有含怨

每次夢廻

總被山風吹醒

而那段膠稠浪漫的歲月

如海潮般地不停湧現

在我們想念的季節裡

悄悄的譜成一曲

與山水同在的戀歌

1986 于新竹

註：橫山、五峰、獅山位於新竹縣。七家灣溪及武陵位於台中。櫻
　　都山城（即霧社）、碧湖、奧萬大、八通關古道皆位於南投縣。
　　龍洞位於台灣東北角海岸。

比翼鳥

最初
我們在樹林的盡頭對歌
並在自己的枝椏跳躍
偶而也會想像對方身上的模樣

春天來了
我們同步飛向長滿鳶尾蘭的山巔
開始尋覓一種共同喜歡的果實
並在薄霧散開的光線下
輕喙彼此身上的風塵
這樣的季節
豐盈了我們的羽翼

當冬雪吹襲
我們來不及築巢
都還堅持用彼此的體溫
靜靜守候 沒有月色的夜空

直到殘霜化為露珠
期待的鳶尾蘭又要盛開
有個獵人用一枝發響的羽箭
射向我們纖瘦的胸膛
當時我們仍以糾結一起的身軀
奮力比翼高飛

隨著 飄旋的山風 翻騰的流水
有人在你我相遇的樹林溪谷
撿到一對帶箭的藍鳥
冰冷堅硬
並且無法分離

1987 于新竹

註：台灣藍鵲為國寶鳥和鳶尾蘭一樣有著
　　美麗的湛藍色羽衣，但常遭不肖獵人
　　射殺令人錐心，是時在蕙蓀林場見到
　　一對比翼雙飛故有感而寫。

潮

早已忘了從那裡來
過去
我只是一股沒有方位的洋流
至於未來
根本沒有所謂的歸途

原非生來喜好流浪
實在是宿命裡亙古不變的地心
以及多事的風啊！
推我重複不停地撲向
亂石如刃的岸礁
用粉身碎骨的哀嚎
來換得你瞬間驚嘆的
美麗浪花

那一夜 星光如織
有個漁人在水湳洞垂釣
不經意地把我拾起
發現一個傷痕累累
滿臉淚盈的 遊子

1987 于新竹

註：水湳洞位於台灣東北角海岸，
當地岸岩崢嶸，海潮澎湃。

山旅其一

我從遙遠炫爛的都城來
像松鼠般輕盈
攀登你山腰的家園
清晰的足跡
似墨寶揮毫
來迎接我的
是蟬鳴交響樂
和鳳梨叢的散髮舞
而那牆角矮菊的綻放
一如你紫裙的碎花朵朵

飛螢早已點上燈盞
好讓清風細心梳洗
我滿城的落塵
星星低頭寒暄良久
然後 月才出來端詳
誰家姑娘
遠來的訪客

1985 夏 于台北

山旅其二

山　老遠就在呼喚
我的腳步輕如柳絮
悄然來到銀光點妝的石徑
夜蟲鳴唱
你正輕撫床前的月色
而不覺
清風細扣你的窗扉
一遍又一遍…

1984 于台北

山旅其三

急登大霸欲探秋
無奈楓紅盡失色
忽聞北風蕭蕭處
已是瑞雪飄飄時

1985 秋 于新竹

註：大霸尖山位於新竹縣為台灣百岳之一，1985 年
晚秋登山，想一睹山中楓紅，但該年雪來得早，
瑞雪狂飄，紅葉寂寥，盡失顏色。

山旅其四 - 摘柿子

群山老遠就在招手
我們乘風前行
急著擁入她的懷抱
年輕就是這樣一種心情

林間緩緩吹送清涼
紅柿早已結滿枝頭
我們跳躍攀爬
像松鼠般的尋覓
童年就又不知不覺出現

算是一種天真的樂趣
採剩幾粒青黃的果實
留給小鳥驚奇的等待
但願牠還滿意
這些告別秋天的最後禮物

當山風撩起衣襟
紅柿依然靜靜結滿枝頭
只是 好友
明年能否結伴同行
再度採擷林間串串的回憶

1986 秋 于新竹

山旅其五

說年少如何
只有輕狂
問得失幾許
皆是無悔

一旦鍾情山水
就像深深愛戀一位
溫柔美麗女子
每次步履輕盈的造訪
都是一個長久等待的約會

1986 于新竹

山旅其六 - 台東

向東望去
太平洋的波瀾隨野百合風中搖曳
與黃山雀對歌
整個山谷都是歡聲的迴盪
金針花啊！ 正嬌豔
雨露凝結在你昨夜酣睡的臉頰
都不曾打攪你靜謐的內心
腳下奔流的溪水一路咆哮
也不能撼動這蒼莽鬱鬱的群峰
倚著窗欄一個下午
洛神花 我已飲了整個夏季的嫣紅
直到暮色朦朧
你才略帶倦意垂下綾絹的眼簾
沈默無語 以霧的速度

2012 于台東

山旅其八 - 中橫

雲橫太魯閣
豹入九曲洞
雨落初鹿原
月出七家灣

2010 于新竹

註：中橫即中部橫貫公路，貫穿諸多台灣美麗景點，
太魯閣位於花蓮秀林，以高山峽谷聞名於世，內
有九曲洞景點，附近山區有國寶野生動物雲豹出
沒，初鹿牧場位於台東卑南鄉的美麗草原，七家
灣溪位於台中武陵，是台灣國寶魚櫻花鉤吻鮭的
唯一棲息地。

虎

蒼莽山林 寂靜如我
不願讓你知道藏身何處
即使我的皮毛炫光斑斕如燃燒的火焰
是這蔥密森林永遠無法遮蔽的美麗觸動

腐葉承載我的重量
碎岩熟悉我的腳步
寒流吹拂我的銀鬚璨璨
空中瀰漫著孤寂風騷
我是世界的獨行者

千萬不要迷戀我的彩繪 光柔如絲
你該注意的 其實是我的眼神
那對懸浮夜空
震懾你的魂魄
彷彿伸手可及綠寶石般的星子

蒼莽山林 如此寂靜
夜鶯的歌唱悠揚穿過雲霄
我是習慣速度的
在你仔細看清我的眼神之前
不捨讓你等待太久

因為我知道
我們相遇的瞬間
血脈噴張廝磨糾纏的夜晚
烈火燃燒過後的身軀
馬上就會隨著各自的魂魄
安然入眠

2010 於新竹

昆明

天醉了 以雲朵的步伐
地醉了 以雨露的珠玉

苞蕾初放
春　沉醉在花海的一片妖嬈裡
風　還在昨夜輾轉的夢中低迴
夏 馬上就要隨著樹影搖搖欲墜

落葉蕩漾
在小舟划過的湖波
我的呼吸蕭瑟寂寥
秋 就醉臥在石林登天的路上
滇池無語
如少女沉默的心底
冷靜如我 也沒能堅持
不在這樣的季節一一邂逅
而冬 彷彿是趁著微醺
搶在小舟船尾撐篙
撥弄你柔如水草的長髮

山醉了 放下霧簾
湖醉了 波瀾潋灩
月亮醉了 林梢徘徊流漣
星星醉了 萬盞燈光迴旋
而我醉了
年復一年

彩雲之南
婀娜多嬌
湖光酩酊了身軀
山色擄走了魂心
不想走了
只想安靜地待在這裡
聆聽四季的花語
直到把人間遺忘

2010 于新竹

入秋

風清 雲薄
如來如逝
塵埃淡抹下有張泛黃的臉
那曾經被晨霧端詳的細紋
以及被午後斜陽輕撫的眼角

有一種溫度
來自一季飄落的覆蓋
假若你是一株堅持不要花開的樹
我就化做一塊堅硬如鐵的石
盤踞在你根部的心底
於是 春去秋來
只要黃葉一片
輕輕落地
就會觸醒我守候無眠的記憶

朝露　晨曦

山椒鳥成群飛過

寤寐之間

恍然回眸

窗外山谷已然都是你

一大早剛剛上妝的顏色

2009 於深圳

註：山椒鳥屬於燕雀目的一種鳥，

公鳥豔紅如火，母鳥嬌黃如金。

我的心在山水之間

水啊！
你到底來自何方
哪一條是我前世的源流
山啊！
你到底藏身何處
哪一座是我今生的歸宿

不管一片海洋匯聚多少江河
一滴露水
終會親近一個湖泊
無論多少老樹撐起一片森林
一株小草
也要依附一座蔥嶺

明月從潺潺的溪谷
擁上曠遠的巔峰
我是如此
如此的卑微
仰望你至高聖潔的亮光
而你總像那涓涓細流
流淌在一片崎嶙山脈
面對你 有時
青春也會帶著憂愁
而憂愁的出口啊！
直瀑千尺
就像飛放山巔的一甩水袖

每年 春的花開
是你兩頰悠柔的雲彩
當我疲憊的時候
總想回歸
回歸一處能安放小小的心
小小的魂魄啊！
像安眠的小孩罩著帳紗
沉睡在你山水的氈房

2009 于深圳

何處是終站

不要問我是誰
也不用問我來自何處
你終會知道的

在高山遇著
我是守在峰頂頁岩上
終年沈默的一片雪花
在森林遇著
我是蒼松上
隨風掉落的那串露珠
在河川遇著
我是亂石裡
那股蜿蜒奔放的激流
在沙漠遇著
我是夜空下
映著星子閃爍的那潭清泉
在草原遇著
我是護著千古胡楊
燦黃的一灣水岸
在海洋遇著
我是那片飄動不已
藍色的夢幻波濤
在穹蒼遇著
我是流浪天際
想要回家的一抹白雲

那麼　請你告訴我
我們的相遇
何處是終站

2009 於深圳

隱

霧 飄過腳下那道年輪斑駁的山門
就像當初我來時一樣 了無蹤影

波若心經
沿著木魚堅硬地迴盪在 迷惘心底
菩薩面前 我沒合掌
卻把雙手圍抱在混沌天庭
曼珠沙華 偶爾開在我寂寥的黑夜
佛眼如珠 穿透袈裟裡面皮囊的蠢動
晨光投射在每日供養的曼陀羅
就像我當年一樣清澈爛漫
金剛杵震碎我矗立山頂那顆高傲的心啊！
當時有著銅牆鐵壁護欄

曼陀羅花 白色如昨
已經沏好的茶
是我注入剛剛
燃燒著
用一把歲月磨鈍的斧
劈開牆角那些風吹雨打過
散亂如我年少傲骨般的堆柴
煮開的水

霧 飄過腳下
薄茶裡 漣漪著我微涼的過往
而風啊！莫笑我
曾經也是一個長髮飄逸的少年

2010 于新竹

湖泊

流雲舒捲
你像盛夏風中飛舞的蝴蝶
穿梭林野
昔日蒼松下親暱迴盪的笑語
早已像大雁南回
了無蹤影

今朝我像丟失玩偶的小孩
前來尋覓前世的眷戀
怎麼這眷戀如此濃郁呢！
濃郁得像發酵過後的青春
把一切歲月的苦澀
沉澱在明明心底

如果有一個湖泊
在微雨過後的清晨
灑滿了晶瑩璀璨的寶石
那必是
我在等候一隻迷途的倦鳥歸巢
強忍不住
灑下的淚珠

2009 於深圳

卷二
花開的季節

花開的季節

過了金盞菊削瘦的黃昏
我們對飲幾回的黃花酒
也就所剩無幾了

那時
偶然飄來一朵雪花
不知歸落何處
也就那樣
晶瑩地透映在你澄靜的心底
並在二葉松蒼翠的梢頭
堅持為你凍結一季的留白

什麼是杜鵑急著叫醒的季節
難道是曾經蛙鳴連綿的卵石溪
那個我們合著山歌的清晨
也是最後一次
像往常把白色山茶花
繫在你柔如水草的耳鬢

霧起了
掩淡了所有顏色
你卻飄然不知所終
只有蛺蝶飛舞翩躚
於漫山遍野中綻放
有如一掬亮光

2009 于新竹

四季

婉拒六月熱情的邀約
我孤獨踩著無痕的步履
走盡大千世界
卻尋覓不到一絲殘留的過去
據說無奈就像冬眠
是一種暫時的無我
靈魂與軀殼在此互相拋棄
我企圖超越時空的束縛
採擷帶雨的春花
但 猛然驚醒
眼前所見
竟是遍地微霜的落葉

1986 于新竹

勿忘我

安靜地繾綣在幽暗的牆隅
門開時分
偶爾投進幾許柔弱的光線
透過震動
我已習慣
櫥櫃的開關與衣架起落的聲音
並且開始察覺
一種不同頻譜的言語
以及
一顆經常湧動不定的心

百合的香氣
消失在我的瓶口
那已是多年的往事
偶有久違的腳步
不經意駐足
垂探我枯萎的名字

而我總是以一束
湛藍而靦腆的笑容
輕聲回應
勿忘我

2008 于深圳

回憶

流星劃過天際的夜晚
沒有人可以留住那燦爛的光芒
韶華飛逝
如果有什麼可以手書
我壯年征途的回憶
唯有小詩
描述一個江南女子的溫柔
寫在初春剛開的卷軸
一朵玉蘭綻放的笑容

2007 于深圳

朱槿

碧綠藩籬
濃密如牆
這燈籠似的豔紅花朵
串串垂掛於秋陽的黃昏

春風細細吹拂
盞盞燈火飄搖
恰如童年歡笑的秋韆
幾度流動
款款擺盪

擺盪啊！擺盪
在生澀的青春
在流水的華年
以及
絲絨般年少的記憶

曾經把你輕輕捧在手上
曾經把你緊緊繫在髮梢
當時我們天真的容顏
和你一樣盡情盛開
在春風細細吹拂的清晨
以及
秋陽慢慢撫過的黃昏

2009 于台南

約定

自從相遇
總有不盡的言語
每次重逢
都帶著桃花般的笑容

你來
像一隻靦腆的白蝶
一路盤旋心底飛舞
你走
沿著一條小徑迤邐
灑落滿天的雲彩

什麼時候可以約定
一個春天的未來
也許
只有在山花綻放的季節
以及
思念萌芽的時刻

2007 於深圳

重陽

天高　雲闊　有微風
澄黃的午後
那曾經清晨露珠流過的花心
輕盈飽滿　圓潤而多瓣
每年這個季節
你的容顏始終如一
秋葉　菊　南酒　毛蟹
任星月更迭
騷人 墨客 遊子
歲月催熟的每張臉孔
仿佛一一斜映
在落葉的軟泥裡
在矮菊的石案上
在毛蟹的淺盤中
在南酒濃濃的香氣下
以及山崖午後的天光
窸窸窣窣
都訴說著
你亙古不變的顏色

2009 於深圳

送行

微風掠過 綠葉掩映
我在山巔眺望地平線蜿蜒的長河
像我們緩緩流逝的歡樂與憂愁
午後　天光飄移
我要如何祭奠
時光銷蝕的繁華與凋落
就用往常白玫瑰
合握在你手上的一束
只是 今日
迎風紛墜的花瓣
儼然是你最後的送行
可我將如何強忍
不再回望
隨你而去的天堂 橫斷
在花落之間
在山水之巔
在我們心底遙遙拉扯的兩端

2009 於深圳

眼神

不要如此認真地看我
不要以為可以透視我忐忑的內心
我綿密如絲的網啊！
早已故作鎮定地進入戰備防衛

如何穿越那扇緊閉的
帶著淡淡粉彩的雙眼呢？
於是用一種假裝敷衍的餘光
不經意地注視她纖細腳上
一雙含苞欲放的玫瑰花鞋
神似兩顆小心翼翼的眼神
包裹著靈魂深處的秘密

這猛然宿命一般地人海相逢
即便春光正好
或許你也猶豫著　該不該
該不該　在這樣的季節
肆意綻放

2008 於深圳

速度

什麼時候
黃泥冒出綠芽
什麼時候
山野綻放春花
什麼時候
雛雁展翅飛翔
什麼時候
片片雪花化作滔滔江水
奔向海洋

什麼時候

日升移動月落

什麼時候

白雲幻化彩霞

什麼時候

秋風飛舞紅葉

什麼時候

代代江山不過花開花落

回歸塵土

原來

速度是看不出來的

是時間的單位

是心靈的距離

真正的速度

不在彈指之間

不在瞬間

不在剎那間

此刻我也迷惑

難道 在⋯⋯

生滅之間

無念之間

2007 於深圳

隘口

三月 杜鵑
跳躍著一個春天的到來
伸手撫觸山崖
風中有一股淡薄的花香
那是你緊緊包裹心底
初識的話語

是誰 以亮如秋霜的利刃
親手在心裡劃上一道界線
那是一條冰封白鏈的長城
重關閉鎖
假如探尋不到你的蹤跡
那我又將如何獨自回頭

如何跨越這道界線啊！
佇立徘徊不知春秋幾回
終於這個冬季
結冰的心底不再血液流淌
而白雪覆蓋蒼茫的隘口
我的身軀如白皮松冷凍橫臥
如果來日你來尋我
試著刮開那身上單薄的霜衣
或許可以見我心中血紅的年輪
曾經歷盡多少滄桑歲月

2008 於深圳

對坐

我們素顏相對
像窗外靜謐的白雪
桌上溫開的老酒
早已如同心底燃燒的溫度

百合在草原初放的花瓣
是一種矜持過後微開的言語
那曾經離放的雙手
像冰層裂過的紋路
於是你我咫尺之間的氣息
就已是整個斜陽移過的下午

我們素顏相對
像窗外溶融的春凌
沒有嗟嘆
沒有怨懟
只有靜靜的流水

2009 於深圳

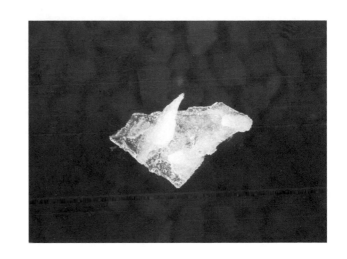

種子

我來自塵世一顆種子
偶然
投入妳母親般溫柔的懷抱
在這片廣袤肥沃的大地
浸蘊著妳默默奉獻的養份
一種 自降生　成長　青春　茁壯
到豐碩的養份
一種以陽光　微風　細雨
成就嫩芽　綠葉　花朵　果香的養份
日月造化　大愛無私
而渺小如我
只能用四季的言語輪流歌頌
歌頌妳這片山水　如詩　如畫
繽紛世界　如天女散花

2008 於深圳

海藍花

終於在山巔遇上了
海藍花
在最盡頭 迎風颯颯
再往下 便是千丈水涯
波浪的花朵
幽柔得像袖口的湘繡

乘著鷹的翅膀
當時我就盤旋在山水之間
不用睜開眼睛
更不必在乎方向
於是我仲夏的夢啊！
依著微風
就從這裡開始
順著藤葉脈絡鮮明
山崖蔓蔓
好似由此可以
無痕地回溯過往的一切

只是 大高地迥 驚濤拍岸
這才驀然發現
原來在心底
天際 山巔 水涯
還有你
竟是同一顏色

2008 於深圳

蝴蝶

一切的蟄伏
為了等待冰雪季節的離去
拼命地破繭
為了迎接大地繁花的盛開
痛苦的蛻變
緣於前世今生必然的輪迴
新長的薄翼
彩繪一生燦爛年華的到來

那曾經一一停靠的枝蕊
像繽紛的過往回憶
在藍天白雲下紛飛的身影
譜成一曲芬芳襲人的交響樂章
訪遍花花世界
請容我從你手心回眸彈起
然後執意回歸
一座名叫春天的舞臺

2009 於深圳

卷三
風

海浪

湧動如昨
隨你漂泊的旅程 茫茫渺渺
平靜如我
在你湛藍的心底 沉寂多年

山風
翻越幾世的藩籬到來
我才猛然驚醒
以白色的霓裳羽衣起舞 迎接久別重逢

而你絕對不要
不要說 只是偶然經過
教我再度洶湧澎湃
捲起千丈浪潮的心啊！
如何拍岸破碎 隨波散滅
宛若五月風中飛舞的
蒲公英

2009 于珠海

雪

降生的清晨
你以春蠶吐出的最後一道絲帶
輕柔地把我落地
那知飄零多年
唯一能歇腳的寸土
竟是你為我保留的最後冰原

一直深信
春花枕臥的銀色大地
冰封著我們亙古不殞的前世記憶
當年你飛躍的舞姿
是白綾絲帶如雲朵飄落的速度

母親啊！ 風雪的遊子終回
而你在此堅忍守侯億萬年後
已是一座 歷盡大地滄桑
不再溶融的冰峰

2008 于深圳

雨

大雨滂沱向晚
水色是白的
天色是黑的
空氣是靜止的
而行人是流動的

在這樣的季節
一個人不在
整個小鎮就荒蕪了
於是特別憶起
一座遙遠城市的邂逅

陽光的江灘

草浪蒼翠

波瀾浩蕩

思念開始錘展我的臂膀

直到與分離等距

如果妳突然想起什麼

那麼

江風飄逸的你的長髮中

必有我幾多

眷戀的撥撩

2008 于深圳

雨夜

三月
潑染的天空
是一幅沒有留白的山水
我緩慢移動的視線
在櫻花樹梢凝成相思
而你遠行的足跡遲遲
猶似當年多處鮮明的落款
在這樣的季節
夜薄如紗
除了寫詩
適合聽雨
還有讓自己孤獨

1987 于新竹

雨絲

多年以前飄散風中的背影
為何今夜
又孤身前來細敲我寂寥的窗扉
必是初春
如蘭花指輕彈的天籟
以年少的英姿綽約
喚起我們沉醉的昨日

但 又何必呢！
何必急著拍醒那蟄伏多年的種子
如今落繾滿庭
終於明瞭
如何堅持一生
只為一季花開
必是你輕輕走來
悄悄流淌在我眼底
又不捨而去

2009 於深圳

秋月懷想

紅酒碰杯心交換
流連詩詞笑語還
窗外玉蘭寒疏影
一輪明月催無眠

2008 於深圳

秋夜

秋夜　無人
溪谷裡月光流溢
好像輕撫一個少女
皎潔豐盈的赤腴

山風　剛過
白樺樹梢婆娑
如同你綿柔的裙擺
這樣的季節 時光
像松針落地 無聲
沒有什麼可以留在指縫之間

只有一種流動
打從心底走過 恰似
我們早已塵封箱底的秘密
緘默　無語　不露痕跡

2007 于深圳

秋風曲

大風起舞何處飛
瘦雁淩雲向天歸
弱柳闌珊曉霧移
紫菊靜默殘陽倚
白楊並立蕭聲起
水影飄搖花落去
黃葉回首戀枝頭
到底一場青春夢

2008 于深圳

風

風
用一根白羽展現溫柔
用一片黃葉訴說漂泊
用一襲長髮掩飾憂愁
更用十月荻花拂拭前塵往事

風
用滿天飛沙親吻黃土故鄉
用漫山柳絮尋訪塞北家園
用流漣歸帆浮遊夢裡江南
更用細雪颯颯輕撫多情年少

風
用流雲承載雍容低語
用稻穗舞動季節豐收
用噹噹銅鈴敲響流浪路途
更用一身塵土訴說滄桑歲月

2009 于新竹

夏日雨夜

窗外
玉蘭枝影勾畫如黛
月色如水
每片葉子彈跳著
夏日灑下的珍珠

屋隅的姬百合
芳香如你昔日無暇的臉龐
窗外花落聲音 綿密輕柔
儼然是你當年細聲貼近的話語

桌上玫瑰低頭繾綣
猶在緬懷昨夜剛逝的韶華
你聽
褪色如雲彩散去的夜空下
除了枯萎的花瓣
還有我們凋落斑斑的回憶

2009 於深圳

細雪

細雪紛飛飛何處
何處可尋蘭陵酒
蘭陵酒仙今猶在
猶在煙臺風夜中
風夜中醒殘燭搖
燭搖心慌兩茫茫
茫茫天地又細雪

2009 於煙臺

註：初次到山東，很想一嚐李白詩中的蘭陵美酒，當晚
細雪紛飛，心中茫然，不知何處尋覓，故有此詩。

釣魚

魚自在游著
手中撒出的釣弦卻在枝頭糾結
想奮力掙脫
柳條卻如我過往的人生
動盪 東南西北
狠很地往後抽回長竿
這才驚覺 弦斷三尺
而 滿池秋水 風平浪靜
魚自在游著
而柳條搖蕩依舊
無關花開花落

1985 于新竹

新竹風

很久以前
我便是此地固定的訪客了
涼爽的日子裡
我邀桃紅柳綠
隨著我的到來 搖擺飛舞
嚴寒的季節中
我要大地兒女
學習忍耐人生的艱難冷酷

當我遊走街頭
無意地撥亂妳的秀髮
請別對我無理謾罵
朋友
你若有機會細品我的傑作
終會體諒我的魯莽

穿梭田野 飛越山崗
年年我孤獨地來去
什麼也沒帶走
卻留下滿城米粉的清香

1985 于新竹

註：新竹古稱竹塹城，其米粉
　　工藝因九降風經過而倍增
　　風味，聞名遐邇，故有風
　　城美稱。

諾言

有一種叮嚀
千里之外如在耳際
有些話語
適合沉澱在寂靜的心底
我的夢啊！
在午夜星子閃爍的夜空
與你幽然同眠
好似二橋腳下靜謐的水流
安撫一個漂泊疲憊的身軀
夏蟬放聲噪動
而柳葉流淌柔弱
都還訴說著風中的叮嚀
那些已然沿江而逝的諾言

2009 於深圳

風箏與小草

初春
青草葳蕤
我在珠江河畔
撿拾　一張美麗而疲憊的臉龐
一只離離落落的褪色風箏

假如不是 無意間
被一截風箏瘦弱骨架的斷線纏住
我仍只是曠野隨風搖曳的一棵小草
陽光雨露就是天地
晨曦晚霞就是日常
螞蟻從我身旁列隊走過
不曾停留

盛夏的陽光
照耀著我們近在咫尺的身影
起風了 你的心是七月草原的飛鷹
而城市的天空築不起一道夠高的柵欄
一只色彩斑斕的風箏
再度逆風而上
一張燦爛得意的面容
遙望著街上行人如蟻

而你啊！
可曾遺忘
疾風飄搖的絲線彼端
還有株拉扯著傷口的小草
望著迷茫的天空
無解

2008 於新竹

卷四
紅塵如歌

小夜曲

晚上好！
這是夜宮整齊嘹亮的開場白

穿過一條燈火迷離的長廊
開始有一種妖嬈撩人的氣氛
不遠傳來的歌聲
夾雜著混亂的人群
忽大忽小之間 悲歡而矯情
偶有哀嚎嘶吼 斷 斷 續 續
這是蒼莽森林
各種夜行動物開始出沒的時刻
五顏六色的臉龐　嬌媚誘人
閃爍著整個忙碌的夜晚
各種複雜心情在不同的包廂交錯散發
營造成一個虛擬的世界

媽咪像諂媚的波斯貓
搖著尾巴
向客人兜售即將過期的各款青春
一字排開的佳麗
以一種古代失傳的選妃儀式
展開限額冊封的爭寵角逐

此刻
不必追究每個人的血統和姓氏
畢竟不同的臉龐
背後都有一齣動人的故事
更不要問姑娘來自何方
管她山東山西 湖南湖北
黑龍江還是瀾滄江
反正要消費的
只是各式不同的溫柔與色調

親愛的 帥哥與老董

口味混雜難捉摸

有人喜吃小食

有人自帶便當

有人但求順口

有人偏愛麻辣

秀色的餐敘在杯觥交錯的時刻

仿佛呈現一種同為天涯淪落

而久別重逢的際遇

尊敬的博士與工頭

小費面前人人平等

孔老夫子的大同世界

兩千年來第一次獲得實現

吹牛皮 侃大山

言論自由的世界 不用錢

裝斯文 偽正經

匆匆流逝的時光 要付費

話虛情 道假意

銅牆鐵壁的防線 藏心坎

接電話 回短訊

焦躁不安的心情 難兩全

獻殷勤 表傾慕

心如止水的靈魂 怕傷害

忙碌的夜晚

展現多樣難分難解的遊戲

而唯一能溝通的共同言語

竟是各種不同度數的酒精

小妹！倒酒！
增加了今日腸胃蠕動的慾望
老大開始高歌
小弟頻頻敬酒
音樂觸動心底的時刻
有人開始思念故鄉
有人一直亂喊爹娘
舞曲扭曲神經的期間
身體的變形由屁股開始發作

左邊遞西瓜　右邊餵葡萄
忙碌的嘴巴
彰顯一種天子的待遇
玩骰盅　乾大杯
好漢俠女各路來相會
你殺來　我殺去
黃泉路上醉死不相逢
耍大牌　拚後臺
兄弟姊妹打死不認輸
你乾來　我乾去
酒燒心肝不知是汗還是淚

DJ！點歌！
曾經失散四方的民族歌魂啊！
今夜且讓我們相聚
在一個璀璨奢華的年代
展開一場跨越時空的世紀決賽
在短暫屬於我們包場的人生舞台上
你來費玉清的柔情似水
我去騰格爾的壯闊如山
你若躲進五百深邃冰冷的心底
我便投入韓紅廣闊溫暖的懷抱

當酒氣的濃度
把我們的呼吸及血液貫穿一致
窗外的夜空
已沒人在乎到底是星星還是月亮
此刻我們該如何說再見
來個張學友的 吻別
還是一首阿信的 離歌
如果要跳舞
何不來曲蔡琴的 最後一夜
要是悲痛得無法言語
那麼
只能寄託張宇的 曲終人散
若想超越林子祥與葉倩文的款款深情
就讓我們以男女主角身份演出 選擇

夜深了
有人不經意地唱了 晚安曲
其實整個城市
早已過度疲勞地睡去
逐漸闌珊消散的人馬
把燈火依然的長廊
走成許多彎彎
曲曲 的歸路
已經沒電的麥克風
依偎在一堆被發洩過的玻璃杯中
空中彌漫殘延的酒氣
安撫著剩餘不安的靈魂
今宵不管要孤獨入眠
還是要繼續短暫的溫存
都讓我們來一個緊緊的擁抱吧！
即使最後交會的瞬間
已分不清 誰是誰

月明星稀 臨別依依
有誰先要開口說再見
雖然每個人眼裏都是天旋地轉
然而心裡都明白
東 南 西 北
明朝依然 各自
天涯

2008 于美國亞特蘭大

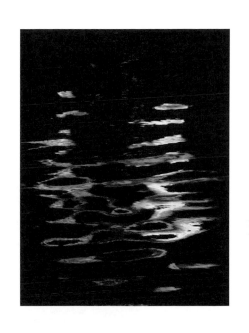

人間戲

重重拉起重重的幕

以那握拳如石的掌

和飄蕩如舟的心

沒有掌聲

沒有歡呼

這齣未經公告的曲目

悄悄開演

滄海桑田

卻把劇本的結局遺失

於是 旁觀者迷 當局者清

幕以歲月的速度落下

沒有掌聲

沒有歡呼

我們站在場中 望著散去的人群

會心含笑

兩個沒有導演的主角

一場不可能預演的戲

1986 於新竹

邊城回憶

雨停了
穿越幾棵稀疏的梧桐
路旁的小狗低頭擦身而過

扣一扇青灰的鐵門
有一種生銹沙啞的迴響
微揚的嘴角應門
空氣中傳來輕柔回蕩的震波
拾級而上
狹窄的樓梯裡只剩心跳的聲音

進門 簡樸的小室
有一隻半新的古箏寞寞挨著牆角
過時的電腦銀幕在對面張望
眼裡閃爍著林黛玉的婉約與哀愁
隨手抓一本 邊城
重新咀嚼二十年前的初遇
坐在湘西水涯
靜靜等待案前半杯龍井的清香

開一瓶紅酒 來幾道小菜
唇邊有濃郁的波爾多味道
沒有琵琶催奏
時光瞬間凝結成一種幸福
此刻　星空如洗
當應盡飲芳華
從王瀚到沈從文 以及
從夢想到月光流域
都把它一一訴說

2008 於深圳

註：邊城乃中國作家沈從文有名的小說，二十幾年前兩岸文化交流尚
　　不普遍，第一次在台灣買到的中國近代小說就是邊城。

如歌的腳步

笑語疲倦了
如晚秋散落的黃葉 紛紛杳杳
青春也曾經
像夜鶯飛逝在森林盡頭
我們合著歌的腳步
震起月亮溪裡的漣漪
而沿岸的青苔軟泥裡
埋藏著幾多過往追逐的足跡

每個人的背後
總有一個被小心藏好的故事
如同落葉層層覆蓋
當我們數著楓葉迴蕩秋天的節拍
這一切都會像當時隨意哼唱的小調
不可重來
如同我們一路攜手走去 沒有回頭
如歌的腳步

2009 於深圳

江湖路

江湖路　險
踽踽於途
仍是你唯一的選擇
二十五載浪跡莽莽
你一身沾染的豈止
恩怨情仇

眼下山林臥虎藏龍
要封劍歸隱
恐難圖清淨
你明知埋伏四起
卻一本英雄氣概
勇赴生死決鬥的盟約
臨走且将鬚昂揚
對我笑說
若遭斷頸
那就提著頭顱
大步返鄉
就像來時輕盈無痕
至於鮮血
便與滄桑同飲
如同一飲而盡
滾滾紅塵

唉！兄弟
我夜夜向餘年敬酒
就是來不及與你乾杯
江湖路　　　　　遠

1986 於新竹

返

慢點女孩
難道你就這樣
一飲而盡
一杯苦苦的人生
毫不猶豫

故鄉冷冷的月色
仍然照亮久未歸來的路途
你該不會嫌棄這單調的小徑
不如燈火閃爍的西門町吧！
夜蟲的輕唱也許不如那搖晃的節奏
畢竟那是你童年心中的歌星啊！

快點女孩
別再耽誤了回家的班車
冷冷月色的故鄉
溫情依舊

1986 于新竹

城市之聲

似乎源於
工廠機器轟隆運轉的振動分貝
大巴的士互不相讓的爭吵分貝
冷氣空調喘息不已的吐納分貝
其實夾雜著
貓狗爭寵互鬥的妒忌分貝
老闆訓示夥計的高壓分貝
高樓風嘯而過的流動分貝
商家促銷叫賣的慫動分貝
午夜狂雨雷霆的暴躁分貝
酒店乾杯狂吟的醉人分貝
以上
把所有市井小民的心底空間
擠扁成一個脆弱的黑盒
而最後壓垮一座城市的崩潰分貝
卻來自四面八方夏日雲雀般的
三五成群女人的邂逅
伴著咖啡 奶茶 各色名牌皮包
和複雜香水的氣味
一下引爆所有蓄勢待發的
烈焰紅唇
終於 矗動如火 炮口一致
徹底摧毀一座城市
所有多餘的聲音

2009 於深圳

註：分貝乃是量測聲音的單位

春之歌

晨雨　無風　窗外繡眼撫初羽
三月　櫻紅　漫山遍野著新妝
縱馬乘龍越大江　覓得幽人猶未醒
橫刀佇立　露宿蒼茫　守望春寒不忍眠
待回眸　遠山如黛　一枝花
畫清眉　哼小調　放歌雲霄　飛上九重天

2008 于深圳

註：繡眼即綠繡眼，乃一種小型的綠色鳥，眼臉四
　　周狀如刺繡故得名。

紅塵如歌

浩瀚星海有銀座
穿越蒼穹追夢來
青山隱隱風雲靜
彩霞似水款款流
春秋佳月初認識
仿如前世來重逢
薄酒一杯相為敬
從此今生成知己
日日分馳歸斗室
常常小聚論詩篇
行雲流水古今事
豪情柔語天地間
年華似花水一方
紅塵如歌向九霄

2008 于深圳

做菜

做菜
對女人是瑣碎的
先要遴選諸多的材料
張羅多樣的色彩
然後
一一分解所有完整的內心
煎熬著溫度與聲響
翻攪並模糊一切原有熟悉的面貌

做菜
對女人也是好的
有一種生活天平的砝碼
可以拿捏一個人的味道
並且測量自己的重心

做菜
對女人是耐心而寬容的
在美麗崩塌的咀嚼之後
面對寂靜的午夜
卻要收拾屬於自己精心創造的全盤
並親手埋葬青春失味的殘渣

做菜
對女人總是認真的
因為每一道菜
都訴說著五顏六色的心情
即使今天上桌的
便是她親手調製的明天

2008 于深圳

通往天堂的路

終於明白通往天堂的路
是那麼坎坷和遙遠
而我們的天堂裡沒有愛情

冬天 還在緊握彼此的雙手取暖
並且訴說山上飄雪的溫度
直到你不要我們的天堂裡沒有愛情

初春 雨冷
我們擦肩而過
交錯的身影
攪揉一種心情
像落葉蜷縮的皺摺
泥濘路上
一條是你
一條是我

1987 于新竹

都市假日

在都市裡
假日
有時是個可怕的名詞
白天共同的心情是
無聊
至於晚上
看電視 打麻將
喝酒 唱歌 跳舞
還有失眠
那是我們常常幹的事

1986 于新竹

喝茶

就著你的溫度
我繾綣的內心
再也不能封閉
漂泊在你的世界
安靜而無色
已風乾而纖瘦的身軀
像一生的歸宿
註定
沉浸在你波瀾的心底

隨著
早春羞澀萌芽的初色
在朝霧飄渺的
煙波水面
一個輕柔的觸吻
在山巔水涯之間
把我沉睡的青春
重新喚醒

如果撩動唇齒的細微顫動
是一種安然淡定的屏息
悠然且自得
那麼 心頭湧上一股
返航般的思盼
一路驚濤拍岸
卻仍在千里之外
魂牽夢縈

2008 于深圳

散步

偷偷望著你的背影
像黃昏的太陽
帶著羞怯
我們是習慣散步回家的
尤其和著故事

傳說園區那個花園很美
我們像焦急等待的觀眾
迎身前往
哪知黑沉的鐵塔
卻與青盈垂柳
相對不語
就像粗壯的莽夫
怒視一個纖弱女子

走完蟬聲小徑
你留下等車
我悶得突然
埋首遠去
像一個疲憊的流浪漢
背負滿囊的鄉愁

去吧！小徑殘聲
黃昏的太陽
化成一地餘燼
萬物俱在
除了 望不見你的背影
我原想與你同行
卻把自己　遺失
在回家的路上

1986 于新竹

詠西湖龍井

和風悠然拂青梢
山嵐慵倚帳碧顏
湖濤倦回玉拍岸
春芽帶露翠凝軒

2013 于上海

煎小黃魚

曾經我們相峙的目光
你的眼神像沉浸海洋的珍珠
渴望你的身段
恰如悠游礁石的潮流

不敢用力碰觸
怕你夢中醒來 飛竄如龍
一溜煙地鑽進
因我鬆手而濺起的白色浪花裡

煙霧飄忽 近山如墨
能見度低得令人垂頭欲泣
黑沉沉的煎鍋裡
琉璃般泛著油光的身紋 躺著
猶如乾旱大地開出一朵野菊
唉！ 這小小的骨架
如何抵擋霹靂一般爆開的烈火啊！
於是小心翼翼呵護你
在一個青花瓷微涼而淺淺的盤底
澄黃的皺摺 堅硬而粗糙
仿佛是我所熟悉
一張江湖歲月刻畫過的面容

2008 于深圳

小鎮之夜

幾年了
歌舞昇平的小鎮
同樣意亂情迷的氣氛
重複的杯觥交錯與言不及義
昨夜終於有了一番新意

你來
像李白乘著流星自穹蒼抖落
像成吉思汗從草原狼族奔襲殺出
令人驚豔與不安
李易安的溪亭日暮
沉醉千年之後鷗鳥應該還在
至於陸放翁在粉牆寫下的釵頭鳳
要不是趁著幾分酒意
令人不忍吟唱

看不清的人世塵緣
如今在一個燈火幽柔的角落
隨著翩然身影的流轉
仿佛輕聲細語
我們的歷史
要從今夜說起

2007 于深圳

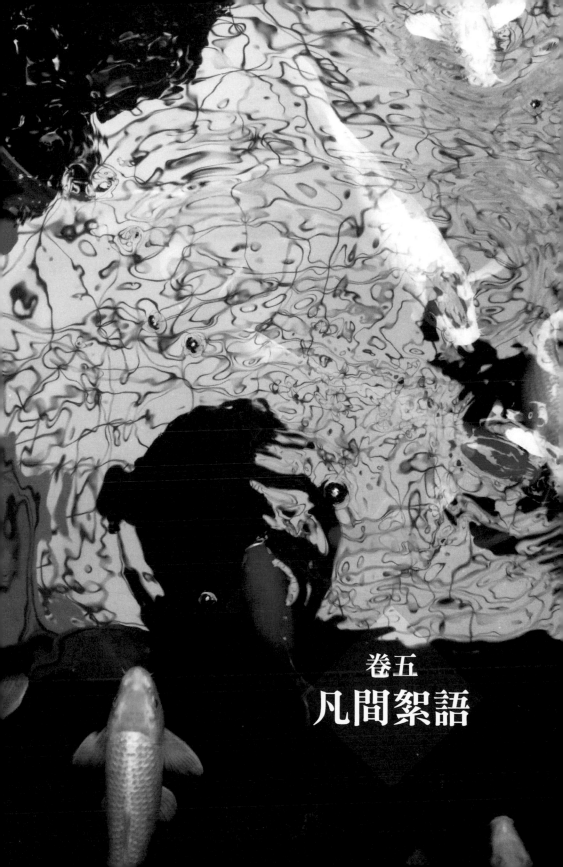

卷五
凡間絮語

子夜歌

酒氣呼嘯漫星空
夜半魂歸隨夢飛
睡眼朦朧醉朝陽
高山流水任放歌

2007 于深圳

窗外

清晨 天晴 整個城市還在酣睡
窗外芭蕉三兩棵
一群小鳥 吃早餐 歌聲悅耳
互道早安
白晝悠然
昨夜一宵好眠

清晨 微風 整個城市還在酣睡
窗外芭蕉三兩棵
一群小鳥 吃早餐 喋喋不休
打鬧爭吵
白晝悻然
昨夜輾轉難眠

清晨 小雨 整個城市還在酣睡
窗外芭蕉三兩棵
一群小鳥 吃早餐 輕聲細語
閒話家常
白晝枉然
昨夜半醒半眠

清晨　整個城市還在酣睡
窗外芭蕉三兩棵
沒有小鳥 沒有天晴 沒有微風
沒有小雨
白晝渾然
昨夜不曾有眠

2013 于新竹

之間

把你輕輕捧在掌上
如一把綿柔細紗
沒有用力抓緊
你可以自由飛翔
像深秋遠揚的白帆

膽怯地貼近你的世界
迷惘我們之間碰觸的距離
這瞬間
仿佛經過億萬年的風化與銷磨

於是
把你緊緊握在手心
感覺 血脈奔流 波濤拍岸
而你卻在指縫之間
快速流瀉
不留痕跡

2008 於廈門

今生

今生
我是來找你的
無論你漂泊何處

今生
我是來看你的
儘管你已容顏滄桑

今生
我是來想你的
即使咫尺天涯

今生
我是來夢你的
也許生死茫然

今生
我是來比劃的
試試我們曾經匹敵的身手
誰輸誰贏

今生
我是來臣服的
誓言到底的心甘情願
如今往昔

今生
我是來還你的
只為前世
無盡的榮寵與恩賜

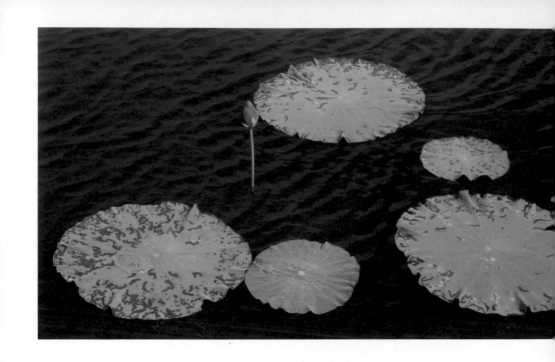

今生
我是來聽你的
靜靜神會
你全部輕重的言語

今生
我是來陪你的
陪你風雨
陪你花開花落

今生
我是來同行的
山巔水涯
星月林野

今生
我是來相渡的
泛舟江湖
不再留戀身後的繁華

今生
我是來驗證的
沒有理由
包容你過往的一切

今生
我是來修煉的
無怨無悔地背負
人間所有的磨難

今生
我是來贖償的
用前世賦予的
此生所有的能量

今生
我們的涅槃
何時何處
只在無名
只在當下

2009 於新竹

公雞

在天光破曉之前起身
伸展一下脖子
仔細檢視身上五彩泛閃的羽衣
站在屋頂的脊梁
準備叫醒大地蒼生的睡夢
從阡陌到巷弄
自平地到高樓
不論春秋與寒暑
無關繁華與落寞

望盡晨曦破曉幾度
經歷人間炎涼無數
我的叫聲
嘹亮如晨鐘穿越雲霄
像屏息整夜之後
一吐心中無人訴說的話語

如何我一定信守永久的承諾
像守侯你每個安眠的夜晚
明朝 不管你醒不醒起
我依然堅持
用此生每一口飽滿的真氣
大聲呼喚你的歸來
喔喔 ......

2009 於深圳

心情之一

緣來緣往何須悔
沈浮人世有幾回
若有淡淡等量心
共飲清清一壺水

1986 于新竹

心情之二

若心靈留有一塊淨土
化成柔軟的青青草原
那麼成群牛羊的低廻
就像無痕地除去滿腦的雜思

1986 春 于新竹

出租車司機

在駕駛座上
已經把政要及領導批判兩回了
回頭又開始詛咒方才超車的同業
從來不曾滿意油價
又抱怨豬肉漲得太兇
以及醫院擠得水泄不通

此刻 只信賴自己腳下踩踏的油門
不敢期待明天世界的變化
一路情緒沿顛簸的路面 呼嘯而過
衝向前方 永遠只朝別人的目標邁進

穿梭大街小巷 時間就是金錢
十字路口 東 西 南 北
沒有一個是自己的方向
因為他是那麼容易被路人攔阻
在輕輕揮手之間
把一生囚禁在自己座位的一種人

2013 于上海

半夜

想念一個人不能在半夜
否則 寂寞難耐的重量
恐會壓垮小床無辜的骨架

思念一個人也不要在半夜
否則 心扉澎湃洶湧的浪潮
恐會搖醒整座城市的酣睡

懷念一個人更不能在半夜
否則 天馬飛行的浩瀚星空
恐會令自己遺失在回家的路上

至於還在整夜不眠不休
翻來覆去的
都是上天堂下地獄
生死有過好幾回的了

2010 於深圳

玉

大地藏礦脈
各岩居其中
偶然出一璞
滿身皆瑕疵
琢磨去外衣
方顯內心質
溫潤無棱角
回首已非石

2008 于深圳

地下出版商

把偷來的刑具
先在無辜的囚犯身上
狠狠烙印
並且一一捆綁押進地牢
接著仍不放心地
替他們換上新襯衫
用以遮蓋已然結痂的傷痕
最終把他們成批定罪流放
然後沿街賤價拍賣
囂張的口吻彷彿還理直氣壯

1986 于新竹

高速公路

深秋的陽光
不規則地照耀我粗黑的臉龐
計程車以衝往天國的速度
在此 分道揚鑣
攪揉江湖味道的檳榔汁
如飛刀般的發射過來
在我臉頰綻放血紅的鮮花
而裝滿失眠的口服液空瓶
伴著煙頭的火星爆裂
在我鼻樑擲碎一地的疲勞
夾竹桃此刻以那負荷過重的苞蕾
無語在旁 懶 懶 搖 晃

暮冬 寒風
一陣陣吹打我赤裸的身軀
警車與贓車各以不同的叫囂聲調
紛紛揚塵而去
賓士與富豪隔著黑暗的車窗
冷笑觀望
他們靜靜地欣賞
一場不知勝負的死亡遊戲
另外一些業餘賽車選手
冒火擠成一團
他們正在彼此分享追逐後的碰撞快感
我來不及喊痛
兩肋筋骨早已 節 節 崩 裂

初春 無雨
我以杜鵑淡淡的笑容
面迎來往匆忙的過客
出賣時間的司機老大
隨著喇叭的節奏引吭高歌
他們詛咒像烏龜爬行的人類
並且讚美 滿載 極速 馬力
如同讚美米酒與豐滿的女人
這時有人在稻田放火 濃密沖天
宛如交戰前夕的狼煙
我呼吸困難但無處躲藏
而疲倦的飛鳥行經此地
竟找不到回家的方向

盛夏的午后
我奄奄一息橫臥荒郊
表情呆滯地任憑烈日烤曬
超載的中興號與野雞車
在我破裂的胸口狠狠壓輾
卻讓無辜的旅人
承受我垂死的心跳
川流不息的臉孔 南來北往
像歲月一樣在我眼前迅速流失
而我逝去的青春
永遠拖曳一種深沉的傷痕
交錯而模糊
以九十公里的速度
或著更快

1986 於新竹

註：寫此詩時，乃台灣經濟起飛的年代，第一條高速公路剛剛起用不久，秩
　　序紊亂，險象環生，國營大巴士以中興號為主，此時時速限制為九十
　　公里。

思古幽情

追溯祖先的足跡
久久不能釋懷
回顧童年的鄉土
歷歷猶如在目
廟前看戲的等待
樹下迷藏的追逐
皆成盼望與滿足的昨日
當年那齣動人的演出
早已收場
心底卻永遠收藏著一段
美麗古老的傳奇

1985 秋 於台北

新年

爆竹聲聲舞飛獅
金龍戲珠鬧街市
千家萬戶齊恭賀
紅男綠女如流水
臘梅一枝冬夜開
水仙盈盈等春來
黃花酒罷白雪吟
又是柳青桃花新

2009 于台南

豬

我兩眼模糊躺於血泊之中
感覺呼吸迅速從喉嚨流失
於是我開始回想我的一生
只不過是一種無聊的重複
在這樣的年代
隔壁有人抗議 當街殺虎
卻從來沒人憫惜我
幾千年來不變的宿命

1990 於新竹

賭

我狠狠下注
低頭屏息地看著對方
慢慢移走我的籌碼
包括緊緊深鎖心底的
最後一個幻夢
此刻 我已一無所有
除了一個可以凝望黑夜的
窗口

1987 于新竹

髮

我的山頭忘記收割 一季了
低垂的老藤
參差不齊的織成一片黑幕
這副德性
有時像一支大毛筆　吊在眼前
趁著風晃來晃去

走過十字路口　月夜　眾生
膽怯地鑽進剃度室
師傅面對一地荒草蔓蔓
搖搖頭頓然無處下刀

輕踩一條街道 晨霧 無人
紅磚依然熟悉我的重量
只是走著走著
嚇跑路旁正在早餐的野狗
夾著尾巴　無聲

1986 于新竹

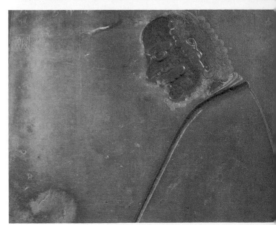

卷六
在那遙遠的
地方

在那遙遠的地方

你近了
因為有一股玫瑰香郁的波動
隨著髮絲起伏
那麼典型的保加利亞味道

你更近了
糾結著漩渦的眼神
用光的速度投射
以霹靂爆開的能量熔融所有的言語

你不能再近了
因為沒有任何空間可以廻旋
簇擁之間
也就只剩那麼一絲稀薄緊密的氣息

你遠了
腳步像秋天午後落葉的聲音
隨著藍色鳳尾蝶的翅膀紛飛而去

你更遠了
就算冬雁穿越日落的盡頭
也帶不到我唇齒低廻的口信

你不能再遠了
深怕飄散的白雲也了無蹤影
而我唯一思念的出口
也迷失在那遙遠的地方

2008 于深圳

註：保加利亞盛產玫瑰是歐洲香水的主
　　要玫瑰原料供應國。

兩岸荻花的渡口

風吹兩岸荻花的時候
銀光熾熠
浮萍臉上跳躍著翠綠星點
我們腳趾偶然蕩起幾串柔弱的水草
小河如鏡的水面也就掀起一些漣漪

如此沈默並坐不知多久
假如沒有野鳥突然驚起
我們的心跳比腳下的流水還要安靜
那一年你的背影消失在對岸的荻花梢尾
一樣銀光熾熠
因此看不到我眼角滴落小河的漣漪

荻花長得太高
假若沒有野鳥突然驚起
我的心跳還是當年腳下安靜的流水
而你不過撐篙偶然划過
我終年寂寞的渡口

2013 于新竹

一天的距離

春天　繁花競放
我們就在這樣濃烈的季節
以黃昏列車的速度
拉開一座城市喧囂的距離
也許 地理的意義
只留給物質文明的一隅
而跨越我們初見到相知這道藩籬的光陰
白繡球含蓄開落在靜默的角落不知幾度
卻如同彈指之間

隨著穿過驛站的笛鳴
忽遠忽近
仿佛我們分離太過遙遠
一個是白天 一個是黑夜
所幸 風信子
以漂泊千里的矜持
也要帶到我藍色的叮嚀
千萬不要忘了歸期
即使
就一天的距離

2009 於深圳

中秋

月圓的力量
如此浩瀚
每個人的體內
有一種天然激素
隨著月光開始發酵
無遠拂界

在這樣的季節
最好不要遠行
因為
鄉愁會震裂你的血脈
懷念會蝕刻你的經絡
而相思
會吞噬你的魂魄

你走了
帶去所有的繁花綠葉
教我如何收拾一座荒蕪的城市
只能佇立垂柳蒼蒼的盡頭
一條護城河的岸邊
守著天光雲影
像守護你留下的回憶

於是就在今夜

我邀了好友

李白 白居易 陶淵明和蘇東坡

望著你飛逝的背影

斟上月光滿杯

敬這不眠夜

敬陰晴圓缺 以及

我們一同走過的風雨歲月

2008 於深圳

冬別

移開了腳步
嘴角還殘留西湖龍井的香氣
走出門外
陽光躲在樹梢隱約招手
回首門縫裡面
半掩的嫣然笑容
一定是那三月盛開的海棠
不曾凋謝
堅持停留在你臉上的印記
此刻
冬風拂過的南方午後
輕如鴻羽
竟也匆匆如同我們別離的言語
去年殘存的
十月芒花早已如風飄逝
而我們今朝桌前訴說的夢啊！
剛要開始

2009 於深圳

冬雁

冰封遼原之前
我是最後回家的遊子
飛過蒼茫大漠
天地之間
我的振翅噗噗
無暇停歇
歸鄉路途尚且萬里

黃河天光飛逝我的身影
我的尾翼乘載滿滿一季秋霜
疾風吹離我的絨羽
竟一片片
無聲告別背後曠野的喧囂

星海如串
像打散的土耳其玉
夜空染我以全身藍光羽衣
唯獨我雙眼如鑽
不再思問夢鄉的距離
只是一路
向著開滿蘆花的水澤飛去
那個我曾經搖搖晃晃
自在悠遊的地方

2009 于台南

早安

送行至此
隨著疾駛的列車
你的聲音消失在
喧囂紛沓的人群
嘴邊掛著叮嚀
心中夾著不舍
其實
感覺整個城市
都空了

已經無法細數
昨夜的分分秒秒
而晨曦中
捎一匹快馬
追你到三千里外的驛站
為了只是確認
你的到達
並向你道聲
早安

2008 於深圳

卷軸

親手替你收拾
你遺留在一座城市的往事
小心翼翼地幾乎不敢碰觸
只怕這最後一點痕跡
一經碰觸
就要灰飛煙滅

就像秋天離開
留下幾片黃葉
冬日遠去
擱置數堆殘雪
你走了
遺下二幅卷軸
算是駐足心底的最後蹤影
也是用來告別這座城市
像一本書尾頁的小小註腳

那肩上托著水瓶的希臘女神
眼神明亮
猶如手鏈金葉散發的光芒
麻布的衣裳
簡單質樸
就像你皎白純淨的內心

那裙衣之間
雪原之上
埋藏著的是穹蒼之眼
是生命的源頭
是宇宙之中無法探測的黑洞
同時也是今生通往前世唯一的入口
只要驀然回眸
就會捲入一個
深邃的漩渦
並被糾結的長長髮辮
牢牢束縛

假如你願意
把你額前的劉海撥開
像推開黑夜閉鎖的窗扉
即使在黑夜裡
只要沿著紅色玫瑰小徑的荊棘刺探
我堅信會在路的盡頭找到一束曙光
就像這畫裡 你的眼神
那如晨曦般的永恆印記

2008 於深圳

異地－憶金門當兵老友

會有這麼一個雨天
是旅人無語的低泣
血 熱成淚
淚 冷為水
聚成溪流 沖向無法回顧的過去
只剩下脫水的形骸
陽光不來

會有怎樣一種情懷
是浪子震耳的囂鳴
素昧轉為知己
知己復成陌路
織成迷惘 繚繞不可預知的未來
只留下風乾的記憶
熱情不再

旅人啊！浪子
傷痕已化你成折翼的候鳥
在航返的季節裡
疾風驟雨
不得歸去

1984 于台北

註：同學 Anthony 周於金門當兵時，杳無音訊，
令人沮喪，有感而作。

窗

紫槿扶疏的清早
簷下青苔
潤濕帶鮮味
沿著晨曦的第一道光線
我如蜂鳥跳躍在你半開的窗前
如同探視我們輕眠的昨夜

夾竹桃在暖風中
身段優柔得如此豔紅
南國似流蘇的水草
在我們赤足的肌膚輕撫
如果忘了季節踏過青石的腳步
也許弄巷低迴的油紙傘上
飄搖的紫藤會沁透一些雨絲的記憶

喝酒
趁這樣的月色
帶有微霜的金菊依偎
而紅葉啊!
千萬不要濃烈得無法消散

湖面已晶瑩得像你梳妝的明鏡
我會是今年的第一片雪花
在你掩蔽不及的一條細縫
冰鎮一顆騷動的心
透過一扇靜靜的窗扉
以千年的四季

2008 於深圳

等待

扣我門扉的是疏影清風
昔日你的雀躍腳步
悄然化成庭前落葉
輕撫窗簾的月色
不知幾度了
只是此刻的心情
已如為你久泡的早春烏龍

敲我歲月無聲的是纏綿記憶
昔日你的神采容顏
是否依然談笑風聲
重梳鏡裡的雙辮夜夜如是
只是當年的天真已經離我
好遠好遠

1984 夏 于台北

夢

好幾年了
那人總在遙遠的窗口
對我輕輕揮手
我無意地眺望他的神情
他激動的說
我是你過去的夢……

1985 於新竹

卷七
行囊之羽

平遙古城

冬 無雨
雲朵以綿延盛開的棉絮
輕柔地覆蓋大地乾裂的理肌
鐵灰的太行山啊！
貧瘠而孤寂 叫人不忍碰觸

這小小的古城
有玉米及高粱收割後的留白
千年的面貌如昔
像無法抹去的散落炊煙
在高高的城垛之間
如果能躲過冰風中的咻咻響箭
或許　隔春會有甦醒的垂柳
成行地飄蕩在衛士前的鎧甲四周
閃著亮光

腳下 城內
豐腴的燈籠在屋簷
靜謐守候著初夜
纖瘦的剪紙沿每戶
低語的窗上燃燒
的確　大紅
無疑是黃土高原
唯一不能缺少的顏色
一如寒天蕭瑟裡的火光
溫熱每張駐足或別過的臉龐

當然 夠了
壺口瀑布在放肆吶喊三季之後
也該歇著
冬眠的黃河岸邊
竹葉青是必要的
胸口定要燒得夠熱
熱得可以擁你入眠
醉夢裡 還訴說著
燭火幽然的客棧角落
黃花梨木的正方桌上
就著半涼的窩窩頭
我們一同 起 起 落 落
盡情痛飲的昨夜

2009 于深圳

註:平遙古城位于山西平遙

冬旅美國

淩空輾轉三萬里
夢飛秦關機上眠
異國寒夜孤星伴
只得薄書相以暖
天涯浪跡音訊短
餐不定時飽腹難
憶起江南栗子雞
不思漢堡與牛排

2008 於美國

夜旅鎮江

初春訪客到江南
主人盛意情難當
肴肉蘸醋鍋蓋麵
鮰魚小蝦配白酒
暢談人文當地裡
白蛇許仙歷滄桑
水漫金山鬥法海
真情欲留向人間
酒酣耳熱鬧喧天
忽聞鎮江名何來
語驚滿座皆錯愕
古來此地臨大海
鎮守長江出汪洋
不教波濤逆四方
賓主盡歡心舒暢
不虛此行到鎮江

2008 於鎮江

春旅常州

三月春旅下常州
大姐設宴好福記
珠簾玉幕琉璃廳
江魚白蝦東坡肉
憶起當年大學士
客居此地留文采
酒到微醺席方盡
三分醉意遊延陵
天寧寺郊清風暖
梅花三色吐豔芳
吳國風韻季子魂
三讓王位遺青史
漫步閒談心裡話
人生至此須放鬆
柳岸橋邊別朱總
相約四月上茅山

2008 於常州

註：延陵為春秋吳國季札（季子）的封邑在今常州。

行經渝州鄉野

巴蜀多霧氣
翠竹滿山野
渝人臨江居
家家燒黑泥
嗜啖麻辣鍋
天天水煮魚
餐餐喝白酒
終日醉茫茫

2011 于重慶

註：渝州乃重慶古名

夜思

柳絮銀花飛赤壁
黃葉梧桐落東湖
春花秋月不待人
知己紅塵難相遇
身無天馬乘風雲
心有青鳥銜故音
最是多情漢江水
不分季節自在流

2008 於美國加州聖荷西

武漢行

四月 武漢 陽光明媚
褚紅瓦片的屋頂
有一種豪爽內秀的氣質
行經漢江 便抵漢陽
鍾子期的琴聲
彷彿忽隱忽現
而伯牙啊！今何在
跨越長江
白沙洲迎面相對
直入武昌
黃鶴樓騰雲而來
仰望楚國天空
如此澄藍
歷經兩千年的楚腰啊！
還是纖細依舊

友人盛宴東湖畔
把酒言歡話家常
醉意陶然迎春風
題詩一首以為記

梧桐蒼天倚東湖
楊柳垂簾偎煙波
憶起初識楚天人
不知花橋在何處

2008 於武漢

秋末訪瀘州老窖

迷濛江霧兩岸潮
瀘州天上酒氣飄
試問諸君味如何
楊塵先嚐不停杯

2011 于瀘州

秋旅煙臺

初到山東臨渤海
黃金沙岸晚風涼
張裕酒廠飲干紅
君頂山莊揮白球
剛吃棲霞大蘋果
又食萊陽甜鴨梨
臥龍海鮮聚好友
蘿蔔翠絲炒蝦皮
武大燒餅配鹹菜
煙臺啤酒沁心涼
齊魯之地天獨厚
人高馬壯源富饒
短居三日倍恩寵
梧桐垂柳送我行
回首泰山蓬萊閣
願與知己重來遊

2008 于煙臺

珠海行

水色飄搖連山脈
波濤渺渺入雲霄
黛葉粉蕊夾竹桃
疾風勁雨枝頭泣
天光重鎖意闌珊
燈火黃昏心迷茫
遊人閒散居酒屋
今夜能飲一杯無

2009 于珠海

商旅日本

四月 東京細雨 行人匆匆
朝風 疾勁 翠竹扶搖 路上寂寥

晚開山櫻 稀疏垂放 帶粉白
料峭春寒 殘紅滿地 顧盼自憐 兩三朵

客室商談 熱絡喧騰 似無心
低雲走來 風雨催更冷
窗外 微光削瘦 戛然佇立 一枝花

2008 於日本東京

堪薩斯月夜

萬里相隔
日夜遙對
隻字未有
宿緣難斷
新愁或添
舊恩不忘
通宵讀詩
太白惜我
客居他鄉
生死茫然
思念無從
魂歸何處

2008 於美國堪薩斯

無箋夜

客旅美利堅
相隔天涯路
魚雁去如波
寄語隨黃鶴
我來湖水綠
君似木棉紅
多情應笑我
能有一箋無

2008 于美國聖荷西

回答

我流浪到新竹
是個風的冬天
有位善心女子不知名
垂探我漂泊的方向

緊緊地
我從行囊中
掏出一把紫羅蘭送她
那是去年故鄉盛開的
容顏

默默的
她低頭遠去
算是一種回答
我茫然鬆手
竟掉落滿地的
孤獨

1986 于新竹

獅山行

阿彌陀佛
不可殺生
放棄石門活魚
該是一悟

踏上獅山杳杳
算是你我有緣
諸形無常
遍地皆是蛻變起滅
且說眾生
業障未盡 塵緣未了
眾有百度探訪
終不得其門而入
落葉閒遊已見無影清風
石泉和鳴若成寂靜天籟
那麼心中留有淨土
便是
處處涅槃

山歸來時我歸去
眾生不行我先行
欲留幽徑向人間
回首已無來時路

善哉！

善哉！

1986 于新竹

註：獅山即獅頭山位於新竹縣與苗栗縣交界

滬城初秋

夜色迷濛
終歸也有寧靜的時刻
梧桐樹梢婆娑著幾分涼意
喧騰的夏季就這樣
隨著晚歸行人的腳步
帶著醉意 闌珊離去

曾經年輕的心
像經貿大廈屋頂閃爍的夜光
而逝去的流年
是今晚黃浦江蕩漾如昔的波濤
那個掛在天涯星子之下的誓言
早已和著爵士樂舞動的音符
隨風飄散

此刻
埋藏心底的記憶
不知不覺模糊得
像乾煎黃花魚般地焦黃而脆弱
而空虛如初秋的心啊！
像橫斷帶絲的涼拌藕片
需要蜜糖糯米緊緊地包裹

梧桐樹梢婆娑的紅磚路上
如果遇到一張似曾相識的臉龐
請不要問姑娘來自何方
畢竟都是帶著一顆荒蕪的心
偶然流浪在一座繁華而陌生的城市

2008 於上海

註：滬城即上海

瀘州行其一

三月黃花入蜀地
薄霧鎖城春宵冷
水出沱江成佳釀
風過瀘州帶酒香

2011 于四川瀘州

註：當年春天，與金門葉氏兄弟及許
　　姓友人，拜訪瀘州酒商鄭國良
　　先生，鄭先生說瀘州以白酒聞
　　名，有「風過瀘州帶酒香」的
　　名句，筆者認為單句稍嫌薄弱，
　　因此當場補入三句，遂成此詩。

瀘州行其二

秋末蜀地又重逢
主人豪情船上宴
白鰱胭脂下美酒
華明酒香漫長江

2011 於四川瀘州

註：當年與金門葉氏兄弟及許姓友
　　人，訪瀘州華明酒廠，主人於長
　　江支流客船上，以白鰱魚、胭脂
　　魚和該廠白酒熱情款待，筆者於
　　宴客當場題詩一首以表回敬。

卷八
醉夢天涯

月光流域

微風吹過山野
薰衣草在淡紫色的帷幕中
款款甦醒
靜謐的田園對我們輕聲問候
就像呼喚一位熟睡的赤子

朝露滑過蘇維濃豐盈的胸口
晨曦從背後為你戴上
一串璀璨晶瑩的藍寶石
尋找一棵橄欖樹
銘刻你我最初的際遇
就像臘菊永遠以金黃
留住你陽光般的笑容

秋夜 無人
小河流淌的月光
柔細綿密
而婆娑的葉蔓蜿蜒輕盈
恰似你羞澀的裙擺
在這樣的季節相擁道別
如同每一次
隨風目送你的背影

盛宴 滿座
全場期待的目光
投注在你紫紅洋裝高貴的身影
我們不期而遇
有如夢幻一般

人們告訴我
如果青春可以重新啜飲
那麼我們將可以找回
昔日迷失的記憶
我激動無語
猛然把你擁入懷裡
想要了卻此生漫長的等待
卻驚覺有一種流動
在我透明清澈的心底
迴盪盤旋
並以濃郁的黑醋栗香氣
訴說你蘊藏多年的思念

微風吹過山野
小河流淌的月光
安靜如心底的秘密
沒有人知道我們今夜
夢歸何處
只有你
只有 月光流域

2008 於美國拉斯維加斯

註：月光流域，我的夢幻葡萄莊園。蘇維濃，為葡萄酒的主要品種，有藍寶石般
　　的色澤，酒釀成之後，開瓶時酒體紫紅有濃郁的黑醋栗香氣。

四季酒歌

山花正艷
恨不得眼有八方
讓我們歌頌春天吧！
櫻花樹下
開一瓶勃根地黑皮諾
來一杯 祝賀
萬物俱在 大地重生

綠葉掩映
只需一線光芒
讓我們讚美夏天吧！
坐在石林曲流岸邊
夏布利霞多內已然斟滿
讓我們濯足暢飲
無需多餘的言語

紅葉似火
妝顏不用胭脂
讓我們全身浸染秋天吧！
在涼亭眺望山巔
莫名的思緒會跟著悸動
準備好的波爾多卡本內蘇維濃
讓它儘快澆灌我們胸中
悲愴微涼的塊壘

冰封曠野
已然藏好時間的鋒芒
讓我們吟詠冬天吧！
屋外白雪如此皎潔美好
人生難得對飲乾杯
就用蘇甸的貴腐甜酒
滌蕩我們崎嶇路上
彼此身上刻畫的舊痕

2009 于新竹

註：勃根地黑皮諾、夏布利霞多內、波爾多卡本內蘇維濃、蘇甸貴腐
　　甜酒，皆為法國著名葡萄酒。

再來一杯

有一隻火龍在血脈飛竄
更有十顆太陽在心頭燃燒
后羿不來
我的身軀蒼生茶茶

悟空騰雲經過
許我兩目火眼金睛
此刻不能大肆吐納
因為天旋地轉 已然開始
滿天星斗 就要搖搖欲墜

不要驚呼游移的雙腳偶然騰空
我的步伐隨張旭的狂草揚塵揮灑
八仙邀我同遊蓬萊
我竟以一支水晶酒杯渡海
李白呼我同飲穹蒼
我卻和知己共飲即墨

墨騷噪我題詩
譜下今夜瓊漿最後的句點
心中感念
天地給予的濃重恩賜
以及儀狄杜康的精華遺傳
當下我只能謙虛的說
不能再喝了 真的！
如果諸位還要堅持
那麼
……再來一杯

2009 于台南

註：即墨為中國山東著名黃酒，自古黃酒有北即墨，南紹興之稱。儀狄、杜康皆
　　為中國古代釀酒專家有酒神之稱。

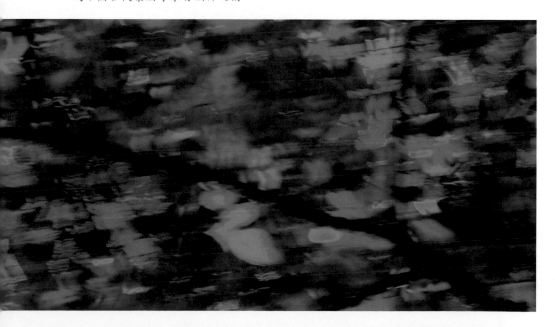

尾牙

華燈初上
我們今年的恩怨才要開始了結
所有過往的傷痛
無論如何今晚先好好隱藏

每月我的人生如同業績
被壓縮並投影
在黑暗辦公室白牆的一隅
可此刻
我卻又毫無防備地把自己暴露
在燈火斑斕的戰場
逢場作戲也許是最初的盤算
但借酒裝瘋竟是最後的結局
而其間所有廝殺的胡言亂語
其實都是滄桑歲月艱難的出口

乾了！不管你喝與不喝
醉意終會隨筵席逐漸消去
如同天明到來夜空的星辰散落
因為我知道
今晚華麗盛宴之後
我的內心
必定杯盤狼藉

1986 原創于新竹

註：2012 年改寫於上海

秋夜獨酌

葡萄美酒琉璃杯
水晶盪漾震心扉
飲盡凝香無粉色
微醺三分勝朱顏
素尺夢懷不眠夜
秋雁難渡山盟約
細數名花不知數
唯願對坐聽彈箏

2008 于美國聖地牙哥

桂花酒

翻開塵封舊卷
你打八百年前的長廊走來
那桂花漬在紫色霓裳的餘香
恐是今生相認唯一的信物了
而映留在微揚嘴角的笑容
卻牽繫著深藏往事的觸動

而觸動啊！
在月夜的桂樹
在六角窗前的移影
在石階上散落的金蕊
以及八月的風亭

當年那一夜離別
我們滿滿飲下的黃花酒
一直沉澱在飄蕩多年的心底
仿若一罈發酵不止的老酒
至今還流淌在
我泛紅的臉頰
就好似那時
我醉倚在你溫柔懷裡
久久不願醒來

2008 於深圳

納帕山谷獨酌憶知己

昔日相逢酒肆中
輕歌漫舞話情衷
彩妝雖在璞玉藏
閒愁或有白蝶樣
作詩煮魚陋室裡
瓊漿對飲天地間
聚少離多終無悔
不似今宵渺茫茫
山水迢迢萬里路
天邊月色向與誰
驅車納帕山谷裡
訪遍名莊把酒嚐
加州傳奇孟岱維
只嘆如今晚來訪
園中玫瑰紅似火
銀杏秋陽黃如金
葡萄累累藍寶石
紫薇當前羞與爭
此地白雲似楚天
唯欲痛飲忘人間
水晶杯碰無是處
遙敬只能漢江邊
臥看黃藤窗前搖
涼風拂面星輝耀
獨酌夢裡笑猶在
夜半酒醒心易傷
寧願一醉到來生
把酒乾杯像當年

2008 于美國 加州納帕山谷

註：納帕山谷為美國加州著名葡萄酒產區，孟
　　岱維為加州葡萄酒的傳奇人物。

酒別—送友人

百戰金沙就汗馬
羅帕護襟染赤霞
夢裡前塵青山外
壯心已隨紅花開
惡戰前夕美酒嚐
歌舞月夜當盡歡
明朝一別山水遙
英雄血淚向天笑

2009 于深圳

飲高粱酒

只因你是如此 純淨無暇
只因你是如此 芳香繚繞
只因你是如此 溫柔似水
我便毫無保留
把你一飲而盡
擁入我透明的心底

來不及訴說
剎那間
像攀越一座大山
滑入青蔥高原
穿過亂石崢嶸
最後在血脈兩岸
澎湃激盪 直奔海洋
原以為這是
你坎坷流浪的終站

豈料
燃燒的火焰
帶著滾燙的熱氣
不斷膨脹加壓
一路又從心底
直沖雲霄
像閃電一道劃過天際

正當
穿越銀河瞬間
滿天星子
都帶著醉意對我眨著眼睛
而那幾顆不小心墜落的
一定是不勝酒力
滿臉通紅之中泛著
閃閃淚光

2008 於深圳

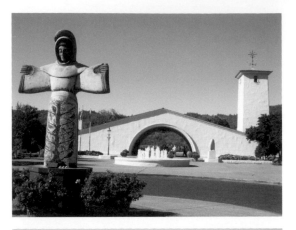

尋酒記

秋天　納帕山谷
陽光　飽滿而柔順
這是各個酒莊
端給品酒客
第一道免費的餐前菜

紅白玫瑰
爭前佇立
以嫵媚的笑容熱情招手
於是從何處駐足啜飲
便是一個忐忑的抉擇

許加州一個
新世界葡萄酒的奇葩
啊！羅勃孟岱維
我要以白蘇維濃
恭敬的敬你第一杯 此刻
仿佛飲下並融溶於血液的
不是酒精
而是你不朽的傳奇

都說
葡萄酒豐富得像一首交響曲
濃烈得像英雄相惜的情懷
那麼
巴龍菲利蒲與羅勃孟岱維
合奏的第一號樂章
就讓我們在他輝煌的殿堂
品嘗一口
仔細聆聽那盪氣迴腸
餘音繚繞的卡本內蘇維濃
此生也就無悔

也許高雅的莊園
才是最終的歸宿
柏林格的古堡　橡樹參天
好像守護麗絲玲
那豐盈的精華歲月
永遠以細緻沁涼
徐徐撫慰我如陽光的心扉

中午要野餐
就到柯羅杜瓦
我們不必急著乾掉手中的粉紅玫瑰
因為草坪上那坐臥疲憊的身軀
會有午少的夢想
像對面山頂飄湧的雲彩
從我們微醺的臉龐輕輕拂過

寧靜得被遺忘的山野
葡萄藤在山坡
依然那樣窈窕而整齊
就像一群梳妝明亮的少女
古松下　繁花如錦
涼風吹來 香氣交錯
尚未舉杯 就已茫然
約瑟夫菲利蒲
你那多情的夏多內
如此嬌艷迷人
我都惟恐會把自己遺忘在
回家的路上

白色木屋
高雅純潔
綠頭鴨悠閒地棲息在你如茵的草上
這梅洛
如此柔順綿密
一如那鴨頂上帳青的羽絨
我要是貪杯忘了一切
記得替我滿滿蓋上
一席深紅的絨被
即使在寒夜裡　孤星闌珊
我依然可以含笑睡去

蒙特利娜

垂柳飄蕩的湖畔

銀杏在你透明的心底　一片金黃

在褐紅的涼亭下

喝一杯櫻桃般的黑皮諾

有優雅的中國風味

而此刻

一個異鄉遊子

心中多年的離愁

隨著花果氣息的晚風

飄散在一座

藍色葡萄故鄉的山谷

2008 於美國加州納帕山谷

註：羅勃孟岱維、第一號樂章、柏林格、柯羅杜瓦、約瑟夫菲利普、鴨莊、蒙特
　　利娜都是加州納帕山谷著名的酒莊。白蘇維濃、卡本內蘇維濃、麗絲玲、粉
　　紅玫瑰、夏多內、梅洛、黑皮諾都是著名的葡萄酒品種。

飲葡萄酒其一

因為是大地精華結的果
所以我喝的必定是
天之美祿
張騫在漢代種下的種藤
穿越一條貫穿唐宋的咽喉
而我血脈流淌的就是
你本來的色素
否則
怎會歌詠之間
花香離迷
而筆觸所及
盡是醉人的詩篇

2008 于新竹

葡萄酒瓶

什麼瓶裝什麼酒
什麼酒像什麼人

都說波爾多的長相
像男人的肩膀
而布根地的形狀
似女人豐腴的曲線

假若麗絲玲高挑纖瘦的身影
如窈窕少女
那麼普羅旺斯的模樣
就像粉色玫瑰般的婀娜曼妙

至於香檳開啟的夜晚
必定應聲湧現
銀河不小心灑落的
滿天星子

2008 于新竹

註：波爾多、布根地、普羅旺斯、香檳都是
　　法國著名葡萄酒產區。麗絲玲為德國著
　　名葡萄酒。

醉在何方

緩緩移開桌下的腳步
有一股千年重力
夾雜著不捨
那麼一點約束

吟唱遠天幾片落霞
不能太張狂
惟恐驚動回營天空的隊伍
只留下我這朵晚歸的雲彩

而風啊！
不要吹得太急
只怕醺醉了早起的小草
還帶著酒氣凝滿了露珠

今宵 欲醉何方
一定不要汨羅江邊
一個我無力救贖的傷心魂魄
恐怕喝到傷心處
屈原也笑我太委屈

千萬不能水月樓臺
李白嗔眼如星地閃著
對我熱情邀約
恐怕就要不勝酒力
乾杯天明

也絕對不要竹林山崖
清風搖曳的枝影石台
我那坦蕩放浪的兄弟啊！
阮籍想必有
兩罈濁酒臨風擋路

於是獨自找一片粉牆
斑駁的內心藏著多年的離愁
臨風臥靠在那灰白的懷裡
不知何夕
偶有幾絲月光
映著柳條
在我臉上輕輕拍打
深怕又有一個遠方遊子
魂醉他鄉

2008 於深圳

需要一杯的理由

葡萄酒不管價格高低
瓶子裡的酒精與顏色
是一樣的

每個人無論富貴貧賤
快樂與痛苦的表情
是一樣的

所以你我此生
隨時隨地
需要來一杯的理由
也是一樣的

2009 於新竹

醉江南

天山飄雪黃河急
北風狂嘯雲影移
牧野蒼狼共對月
群燕無邊亂紛飛
胡楊暮垂金沙流
霧裡江南柳色青
飲罷長江千杯酒
還敬故鄉萬里路
臥看風竹忽遠近
心橫東西催無眠
天涯為伴星斗垂
露花不語心憔悴
踏遍前塵覓今生
夢中紅顏誰與似

2008 于深圳

獨酌

我斟上滿滿一杯
注入歲月乾涸的血脈
向天吐氣
像餘燼燃燒每個深秋的月夜
可今晚
怎麼就如醉似夢啊！
難道是這般酸甜苦澀
徘徊不去
我懷疑
此刻飲下的並非一瓶醇酒
而是自己的
悲歡離合

2009 於新竹

灑落裙角的葡萄酒

我以曲折的藤根
穿越地下二十尺
用百年的等待
堅持與你相會

為你細心凝結的果實
用破碎的身軀來浸潤
滿身斑白的粉塵
加我如蜜的血液
發酵成紅寶石般
濃醇蕩漾的酒體

因你而守侯塵封的內心
竟在晶瑩輕脆的碰觸中震醒
隨著樹林曠野及砂礫的氣味
我來喚醒你年少的模樣
並小心啜飲
似柳絮彈在你皎潔的臉頰

豈料那樣緩緩流動的過往年華
不小心跌倒在你雪白的裙角
卻剎那間開滿 一地
紫羅蘭的春天

2008 於深圳

飲酒者

傳言世界末日即將到來
不知世人都會煩惱什麼
我會向牆角的矮菊澆些水
即使那削瘦的花瓣早已枯萎
我也會打開禁錮許久的地窖
透一扇流動的撫觸
給一些老酒

倚著斜陽的廊柱
佳釀我只要一瓶
多餘的我總想歸還
歸還酒釀之前各自的塵土
風吹得我打了盹
摸著臉頰 與粉牆上的彩霞一色
我就知道
暮 馬上就會降臨

2009 於上海

卷九

眷戀

眷戀

眷戀是季節的 就像
雛菊眷戀著秋天的斜陽
柳葉眷戀著拂曉的春風

眷戀總是地域的 就像
龍井眷戀著西湖的晨霧
牡丹眷戀著洛陽的雨露

眷戀本是一種顏色 就像
駿馬眷戀著草原的翠綠
青花眷戀著瓷土的白皙

眷戀同時也是一種味道 就像
葡萄眷戀橡木的單寧
而蒼狼眷戀黃羊的風騷

眷戀一定是天生固執的 就像
畫布眷戀著梵谷
而陽光眷戀著莫內

眷戀就是在所不惜 像
陶胚那樣眷戀烈火
而檜木那樣眷戀雕鑿

眷戀也是不經意優雅的 像
木屐眷戀青石臺階蹣跚的步伐
眷戀也是天生浪漫的 像
明月眷戀李白酒酣的吟唱

眷戀肯定是宿命的
像春蠶只選擇桑葉的青春
而蟬鳴只停留蒼天樹梢的夏季

眷戀絕對是濃郁的 像
武昌魚眷戀剁辣椒的包裹
熱乾麵眷戀芝麻醬的摻和

眷戀終歸是前世今生的 像
楚國的雲彩眷戀黃鶴樓的天空
而長江的白沙洲眷戀著盛唐的芳草

眷戀又是沒有理由的如此必要 像
花瓶中向日葵之必要
魚塘裡睡蓮之必要
亇夜星了對浩瀚銀河之必要
一條河流對輝煌城市之必要
滾滾紅塵知己之必要

不再眷戀
整座城市已然空虛

不再眷戀
熟悉的笑容開始模糊

不再眷戀
記憶的輝煌逐漸褪色

不再眷戀
躊躇的腳步交錯零亂

不再眷戀
詩人的筆觸無處著墨

不再眷戀
我們綿亙的歲月悄然飄散

不再眷戀
神仙　當
無可救藥

2008 於深圳

火

我奮力燃燒
在草原扶搖熊熊篝火
如青春烈焰

我奮力燃燒
以血氣 以熱情
在曠野當空開放一朵紅花

我奮力燃燒
如霹靂爆開蒼穹
太陽不過其中一子

我奮力燃燒
像九月流星劃過夜空
以速度
以震天落地的一擊

我奮力燃燒
是雪月向晚的漁火
伴著江風搖曳
守你安然入眠

我奮力燃燒
像油爆辣椒
激動跳躍
在你滾燙黝黑鍋底的懷裡

我奮力燃燒
升起陣陣狼煙
以熾熱 以烽火
號角嘹鳴 響起千里之外

我奮力燃燒
藉大樹向蒼茫高舉火把
以灰燼 以塵土
還歸天地

我奮力燃燒
是離離草原一隻火鳥的飛舞
唯願 燎原明春
依舊 青草依依

2009 於香港

相思

以季節的腳步
悄悄走來
像個不速之客
直叩早已深鎖的門扉
蝕鏽的軸承旋轉 快慢斷續
一如攪亂的紡紗
以歲月的速度 日夜糾纏

白天　我們故做從容的背後
有一顆湧動如泉的心
流過曾經的春花秋月
而夜晚
身體的溫度由眼角開始流失
於是開始學習
擁抱自己

夜深人靜 一個人
想要聽聽自己的脈動
卻發現時間已然停止
在我們相處的世界

2007 于新竹

相對論

春去秋來
要與不要
都已不重要了
我們相對默然 咫尺早已天涯
白雪需要的是寒流 柳絮需要的是春風
藍鯨需要的是海洋 金魚需要的是荷塘
雄鷹需要的是雲天 麻雀需要的不過樹梢
老虎需要的是森林 小貓需要的不過屋脊
駿馬需要的是草原 鼴鼠需要的是地洞
蝴蝶需要的是花叢 鳳凰需要的是梧桐
誰進廟宇天堂 誰留煙火人間
都已不重要了
要與不要
春去秋來

2013 于新竹

酒窖

緊緊挨著 落塵下來我們可以均分
釀酒的人早已作古
奈何 我還在此地不停發酵
出了名的 都已有去無回
我的脊樑貼著地面不曾翻身

這幽暗的地牢
蜘蛛蓋在我身上的網絲盡已褪色
偶有光線一絲從門縫陡斜進來
長著霉斑的眼表 便有些刺痛
冬夜濕寒 沒有炭火
所幸上面 被抖落的塵埃
當成我的被褥

被囚于歷史已然遺忘的角落
不知今夕何夕
我是前朝堅持不肯變節的老酒一瓶

2013 于上海

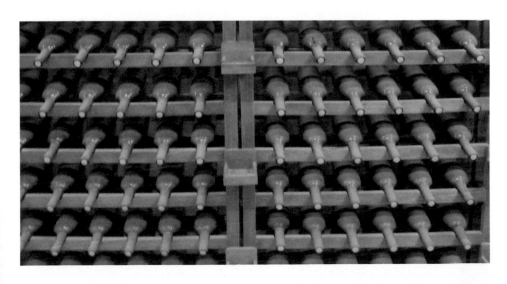

告別感傷年代 2008

如果不醉
如何訴說如此動盪的局勢
若還清醒
怎堪獨自承擔這樣悲愴的時空
那麼　殘存最後一點意志
又怎麼終結一個感傷的年代

屈原啊！　一切歷史的抱憾
就像楚天絢爛的雲彩　隨風而逝
汨羅江千年的流水
終會緩緩地洗淨
你那固執而完美的魂魄
至少端午　人們還以粽子和龍舟
吟唱你記憶斑駁的九歌與離騷

尊敬的司馬遷大人　請恕一拜
當今史上最堅強的男子啊！
誰能想像一部人類歷史的曠世巨著
竟然在咬牙泣血的閹割之中悲壯成章
而李陵在北海雪原飛弓汗馬
對天哭嘯你的大漢哀歌

醉吧！　阮籍
如果此生可以終日不醒
那麼醉死天穹地盧
也算解脫一場政治陰謀的算計
喝吧！我們彼此真的需要再來一罈

嗚呼！　劉伶
什麼是酒鬼最大的痛苦　便是不醉
每當清風吹過竹林
文章帶著醉意翩然而舞
人世的飢渴一同我們破碎的心靈
也就被一一拯救

噫呼噓！李白
始終不知醉為何物
否則酒香濃濃浸漬的詩篇
怎堪大口豪邁啜飲之後
還在平仄迭起之間
流溢著七彩月光

哀哉！　杜甫
憂國憂民你已嘔心泣血
就在醉死他鄉之前
也容以酒對歌
好讓我們以青春大步還鄉
在這樣大雨滂沱的季節

悲天憫人兮！東坡居士
飛天潛地的才賦如何收斂
這是一個很大的難題
盡情揮灑吧！管它魂歸何處
披星戴月　行雲流水
故國足跡萬里
你的魂魄早已灑遍九州五湖
融溶於天下之心
從權貴 政敵 朋友 到草芥

沉溺在世紀的大騙局
太多人習慣於無聲的哀嚎
那是一種沒有反抗的自殺
美利堅掀起的金融海嘯裡
多麼高明的財富搶奪遊戲
誰能分辨清楚
什麼叫次級房貸
什麼叫連動債券

美麗的冰天太快凍結
在我們渴望團圓的季節
也許太深沉的擁抱再也負擔不起
長沙路上
那條條已然冰凍脆裂的血脈
崩塌遮斷千萬歸鄉遊子的道路
一如今年綿密如織的大雪

慈悲的活佛啊！
雪域高原烈火倒下的軀殼中
我的靈魂怎麼救贖
在互相擁抱的衝突中
你是否依然可以拈花一笑
在法輪滾動的經幡下
堅持高聲歌誦
你我永遠無法分割的輪迴

什麼叫做速度
以一百三十一公里的快感
乘風壓縮無法分解的頭尾
以及繾綣著模糊而扭曲的鐵皮與天堂
行經濟南
汽笛放聲　嗚嗚　哀鳴
這時或許我們就會憶起魯國的周禮
曾經在以往的千年裡
進退之間
是那樣的溫文與有序

為什麼一定還要一場印度板塊的遷移
把我冰凍的脊樑及神經紛紛扯斷
麻辣火鍋裡的柔腸與肺片
忽然就在一陣天搖地動之中
從我嘴角一一滑落
汶川校園
五月的午後
陽光柔煦地照在我泛紅的腮幫
夢中突然醒來
我依偎在母親冰冷的胸懷
如何奮力
竟吸吮不出一滴熟悉而溫存的奶水
而我童年玩耍嬉戲的伙伴
此刻個個安靜無聲地躺臥一旁
陪我數著細雨迷濛的星子
這時我才明瞭
什麼是不用上學的滋味

終於我才學會
怎樣擁有一種沒有淚水的笑容
並可以謙虛的面對
突兀的青山以及漂泊的湖水
而我們世代熟悉的大地
此刻竟然如此陌生
也許最後只能用晨光中的一滴露珠
濕潤嘴角乾裂的傷口
並且　告別一個感傷的年代
　　祈禱　讓我
浴火重生　再度崛起

石油	大米	豬肉	血壓
漲了	漲了	漲了	漲了
股價	房屋	心跳	情緒
跌了	跌了	跌了	跌了

在這靈魂就要拋棄肉體的前夕
今夜將何以下酒

來吧！　就
一杯 自我療傷
一杯 撫慰蒼生
一杯 遙祭鬼神
一杯 畏敬無常
一杯 保佑四方
一杯 還諸天地

2008.5.12 於深圳

註：汶川大地震發生當天，把原本有感物價飛漲和經濟蕭條的情緒震到谷底，筆
　　者當晚心裡負重難釋但求一醉，因為今年已經發生很多令人感傷之事，因此
　　獨自一人舉杯澆愁，祈求上蒼今年不要再有災難，不覺思緒貫穿今古竟急書
　　成詩。

　　2008 年在中國發生很多大事，當時我在深圳富士康集團工作，而北京已經倒
　　數計時準備於 8 月 8 日迎接第 29 屆奧運的到來。2007 年 10 月中國股市還如
　　日中天但美國的次級房貸及連動債券已經開始崩盤，進入 2008 年陸續重創全
　　球經濟號稱金融海嘯。2008 年 1 月 10 日開始，中國南方各省遭遇 50 年來罕
　　見的低溫雨雪，尤以湖南、貴州等地影響最大，冰凍成災導致電力及運輸嚴
　　重阻斷，也造成無數異地工作的遊子無法春節返鄉團聚。2008 年 3 月 14 日西
　　藏拉薩發生暴力事件，恐怖份子打砸燒搶商家和機關共 900 多家，造成 18 人
　　死亡及數百人受傷。2008 年 4 月 28 日在膠濟鐵路上，由北京開往青島和煙台
　　開往徐州的兩班列車於山東濟南發生對撞，造成 72 死 400 餘人受傷的慘劇。
　　2008 年 5 月 12 日 14 時 28 分四川汶川發生里氏 8 級特大地震震驚全球，受災
　　民眾高達 4625 萬，事後並造成 69227 名同胞遇難及 17923 名同胞失蹤。

祭奠

終於不再理會人世的紛紛擾擾
我們的恩怨情仇也已一筆勾銷
繞過林邊那條小徑
踏著滿地黃葉前行
便是季節的路標了

面向大海 晨風吹來
擔心妳沒穿上那件藍絨外套
不必攜著百合前來 你看四周
早已灑滿野菊自己凋落的花瓣
佇立我的墳頭 妳沒帶酒
因為我知道昨夜靠著窗台
天亮之前妳沒闔眼
直到黎明黯然舉杯 如此
如同墳上野菊對我的祭奠
花開花落
已不知幾回了

2013 于新竹

短酒調

天地之間 酒水同源
有人造酒 有人禁酒
有人愛酒 有人惡酒
好酒也喝 劣酒也喝
一人也喝 一夥也喝
快樂要喝 痛苦要喝
男人要喝 女人要喝
生以賀酒 死以祭酒
重逢以酒 離別以酒
九九酒酒 天長地久

2009 于新竹

藝術家

總想超越什麼
麗水湯湯 青山昂昂
只有比水還低柔的謙卑
才能如海洋般浩瀚大容
只有比石還堅勁的傲骨
才能如群峰般壯闊莽莽

波濤之磅礴 何畏！
山巔之巍峨 何懼！
莫悲 煙花璀璨一瞬間
莫愁 孤寂獨擁天地間
有了翻山越嶺之馳騁
方知大地遼遠無邊
有了三世之遨遊
才解此生不限

寒酸迂腐者 藝術之不能
沽名釣譽者 藝術之不能
權利熏心者 藝術之不能
譁眾取寵者 藝術之不能

藝術家啊！
都有一顆自由的心靈
白天俯瞰群峰之本色
夜晚靜聽海洋之原聲

2010 於新竹

詩人

漫步在世界兩極
誰上天堂
誰下地獄
遊走地平線交界
誰進森林
誰入沙漠
站在懸崖邊沿
有的上天摘星
有的下海撈月
窩居城市之角落
白天沒事的
漱石枕流 旱地沉浮
晚上無眠的
飛天潛地 虎風龍雨
已經寫作疲勞的
不是榻落花以小歇
就是覆黃葉而冬眠
至於那些半夜還在案前
喝咖啡 嚼茶葉 灌烈酒
對著空氣吞雲吐霧的
都是掙扎了一輩子
已經無可救藥地
欲罷不能了

2009 於深圳

獨坐咖啡館

好想和你一起喝杯咖啡
在微雨的清晨
在薄霧的街邊
那家偶有雲雀飛過窗外的小店
得意地向你訴說
范曾如何評論八大山人
如何批判畢卡索的美醜與情慾
和那虛實糾葛的人生擺盪

手中的書頁翻閱李可染
柳條岸邊隱約有青牛的叫聲
隨之而來
桌上咖啡水面塵煙四起
往前一探
徐悲鴻的群馬竟然飛奔撲來
心跳剛止
魚簍打翻在齊白石的雛菊岩邊
蝦蟹靜悄爬過腳下
此刻如有黃酒
恨不得立馬換上一杯

空中飄來一陣優雅微香
吳昌碩筆下綻放的盡是牡丹的嬌豔
行船經過江南
楊柳岸邊 白牆黛瓦
搖櫓歌聲飄移中
好像吳冠中剛剛擦身而過 至於
那不經意駐足街角婉約女子的出現
應該林風眠就在附近

以咖啡當酒
獨酌寂寥 倚窗神遊
有人突然向我大聲邀約乾杯
驀然回首
昏黃的燈火窗外 彷彿是
拿著劍提著酒壺的辛稼軒

2010 於新竹

敬詩人九杯

喝酒的開頭
始於月夜
太白金星閃耀的夜空
自古就是用來醉人的
昔日 月下獨酌
今晚你我當不再寂寞
來！ 咱們一起對月共飲
同遊穹蒼

江舟 琵琶 聲落
流水啊！ 浮生過往
為何感傷 風華如雲
為何慨嘆 相識江湖
不管如何 乾了此杯
從此讓我們把江湖遺忘

朔望弦闕 千年未改
蜜酒豬肉 我要一份
一解饞意
一解相思
常州走過幾回
不曾與你乾杯
只能今夜
舉杯大江東去
隨你跋涉在蒼茫山水
在悲歡人間

菊
在山腳下悠然綻放
像搖曳閃亮的澄黃水晶
多年城市的疲憊
像遠山飄過的雲朵
今天任憑隨意 錯落共飲
午後沒有藩籬羈絆
我們且以秋陽下酒

歸路 沉了
藕鷺 醉了
至情也沉醉了
都說海棠無香
為何今夜卻濃郁得
不知如何啜飲
明朝若醒
金石收藏何用
亂世啊！
能握住的
就我們手上一杯

躍馬疾疾志北方
書劍江山隨風逝
吟一首 氣沖斗雲
飲一杯 蹄飛血熱
春秋在我的胸膛坦露
而在今夜
肝膽如魚目滾沸
難道是你
一劍刺來 帶著醉意

註：深夜獨酌，想起自己仰慕的詩人，舉杯一一
　　致敬，遂成此詩。依序為李白、白居易、蘇
　　東坡、陶淵明、李清照、辛棄疾、鄭愁予、
　　席慕蓉。

什麼是美麗的錯誤
哪裡是年少的鄉愁
你打江南走過
不能沒有一杯
可 今夜乾了
心如浪花
情似雨絲
你能給予的
當不止一個愁字

無怨的青春
如繁花 如七里香
你的容顏盛開
在大漠 在草原 在遙遠的溪流
如何敬你
我們濃如美酒的初遇啊！
就這杯
隨前世悄悄踏來
隨山風輕輕走過

流星穿穹 撼地而生
偶然的夜晚
小鎮燈火離迷 一眼
也就看透陌生年華
似曾相識
就像當時 只要一杯
就會烈火燒心
而燒心啊！ 在過往紅塵
在此刻 中秋月夜
在我們一同對飲的
詩酒風流歲月

2009 於新竹

相遇

如果我們的相遇
可以寫一首詩
我該如何描繪你春天的容顏

如果一切的等待
只能化成瞬間交匯的光芒
我該如何詮釋我們璀璨的華年

如果一生的漂泊
無怨無悔
就讓生命去吟唱這曲永恆的歌

～楊塵～

楊塵攝影集（1）

我的攝影之路：用光作畫

慢慢自己才發現，原來虛實交錯之間存在一種曼妙的美感……

楊塵攝影集（2）

歲月走過的痕跡

用快門紀錄歲月走過的痕跡，生命的記憶又重新倒帶。

楊塵攝影文集（1）

石之語

有時我和那石頭一樣堅硬，但柔軟的內心裡，想要表達的皆已化成了石頭無盡的言語。

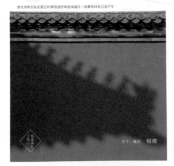

楊塵攝影文集（2）

歷史的輝煌與滄桑：北京帝都攝影文集

歷史曾經在此走過它的輝煌盛世和滄桑歲月，而驀然回首已是千年。

楊塵攝影文集（3）

歷史的凝視與回眸：西安帝都攝影文集

歷史曾經在此凝視它的輝煌盛世，而回眸一瞥已是千年。

楊塵攝影文集（4）

花之語

花不能語，她無言地訴說心中的話語；人能言，卻埋藏著許多花開花落的心事。

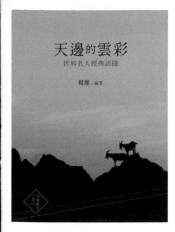

楊塵攝影文集（5）

**天邊的雲彩：世界名
人經典語錄**

幻化無窮的雲彩攝影搭
配世界名人經典語錄，人
世的飄渺自此變得從容。

楊塵攝影文集（6）

攝影旅途的奇妙際遇

攝影的旅途上，遇到很多
人生難得的際遇，那些
奇妙的際遇充滿各種驚
豔、快樂、感動和憂傷。

楊塵私人廚房（1）

我愛沙拉

熟男主廚的 147 道輕食
料理，一起迎接健康、
自然、美味的無負擔新
生活。

楊塵私人廚房（2）

家庭早餐和下午茶

熟男私房料理 148 道西
式輕食，歡聚、聯誼不
可或缺的美食小點！

楊塵私人廚房（3）

家庭西餐

熟男主廚私房巨獻，經
典與創意調和的 147 道
西餐！

楊塵生活美學（1）

峰迴路轉

以文字和照片共譜的生
命感言，告訴我們原來
生活也可以這麼美！

楊塵生活美學（2）

我的香草花園和香草料理

好看、好吃、好栽培！輕鬆掌握「成功養好香草」、「完美搭配料理」的生活美學！

吃遍東西隨手拍（1）

吃貨的美食世界

一面玩，一面吃，一面拍，將美食幸福傳遞給生命中的每個人！

走遍南北隨手拍（1）

凡塵手記

歌詠風華必以璀璨的青春，一本用手機紀錄生活的攝影小品。

楊塵詩集（1）

紅塵如歌

詩歌源於生活，在工作與遊歷中寫詩和拍照，原本時空交錯而各不相干，後來卻驚覺元素一致或者意境重疊，作者回首這些歲月留下的印記，發現人生的歡樂與憂愁其實就是一首詩。

楊塵詩集（2）

莽原烈火

詩就是心中言語，作者把在現代社會所歷經的現實和當下庶民生活工作的情景，以直白的詩語表達了心中熱烈的情感，詩人有話要說，他是那種和吃飯喝茶一樣，不寫詩便會飢渴的那種人。

作者簡介

楊塵（本名楊文智，英文名 Jack）

　　臺灣科技大學電子工程系畢業，曾從事於臺灣的半導體和液晶顯示器科技產業，先後任職聯華電子、茂矽電子、聯友光電、友達光電和群創光電等科技公司。

　　緣於青年時期對文學、歷史和攝影的熱情，離開科技職場之後曾自行創業，經營過月光流域葡萄酒坊和港式飲茶餐廳。現為自由作家，主要從事攝影、散文、詩集、旅遊札記、生活美學、創意料理和美食評論等專題創作。

國家圖書館出版品預行編目資料

紅塵如歌/楊塵攝影.文. --初版.--新竹縣竹北市：
楊塵文創工作室，2021.9
　　面；　公分.──（楊塵詩集；1）
ISBN 978-986-99273-6-9（精裝）
詩集
863.51　　　　　　　　　　　110011922

楊塵詩集（01）

紅塵如歌

作　　　者　楊塵
校　　　對　楊塵
特約設計　白淑麗
攝　　　影　楊塵
發 行 人　張輝潭
出版發行　白象文化事業有限公司
　　　　　　412台中市大里區科技路1號8樓之2（台中軟體園區）
　　　　　　出版專線：（04）2496-5995　　傳真：（04）2496-9901
　　　　　　401台中市東區和平街228巷44號（經銷部）
　　　　　　購書專線：（04）2220-8589　　傳真：（04）2220-8505
專案主編　水邊
出版編印　林榮威、陳逸儒、黃麗穎、水邊、陳婷、李婕
設計創意　張禮南、何佳誼
經銷推廣　李莉吟、莊博亞、劉育姍、李如玉
紀企劃　張輝潭、徐錦淳、黃姿虹、廖書湘
營運管理　林金郎、曾千熏
印　　　刷　基盛印刷工場
初版一刷　2021年9月
定　　　價　450元

白象文化　印書小舖　出版．經銷．宣傳．設計
www.ElephantWhite.com.tw　自費出版的領導者　購書 白象文化生活館